岸馬きらく
插畫／黒なまこ
角色原案、漫畫／らたん
U0045694
救了想一躍而下的女高中生
會發生什麼事？
4
Kadokawa
Fantastic Novels

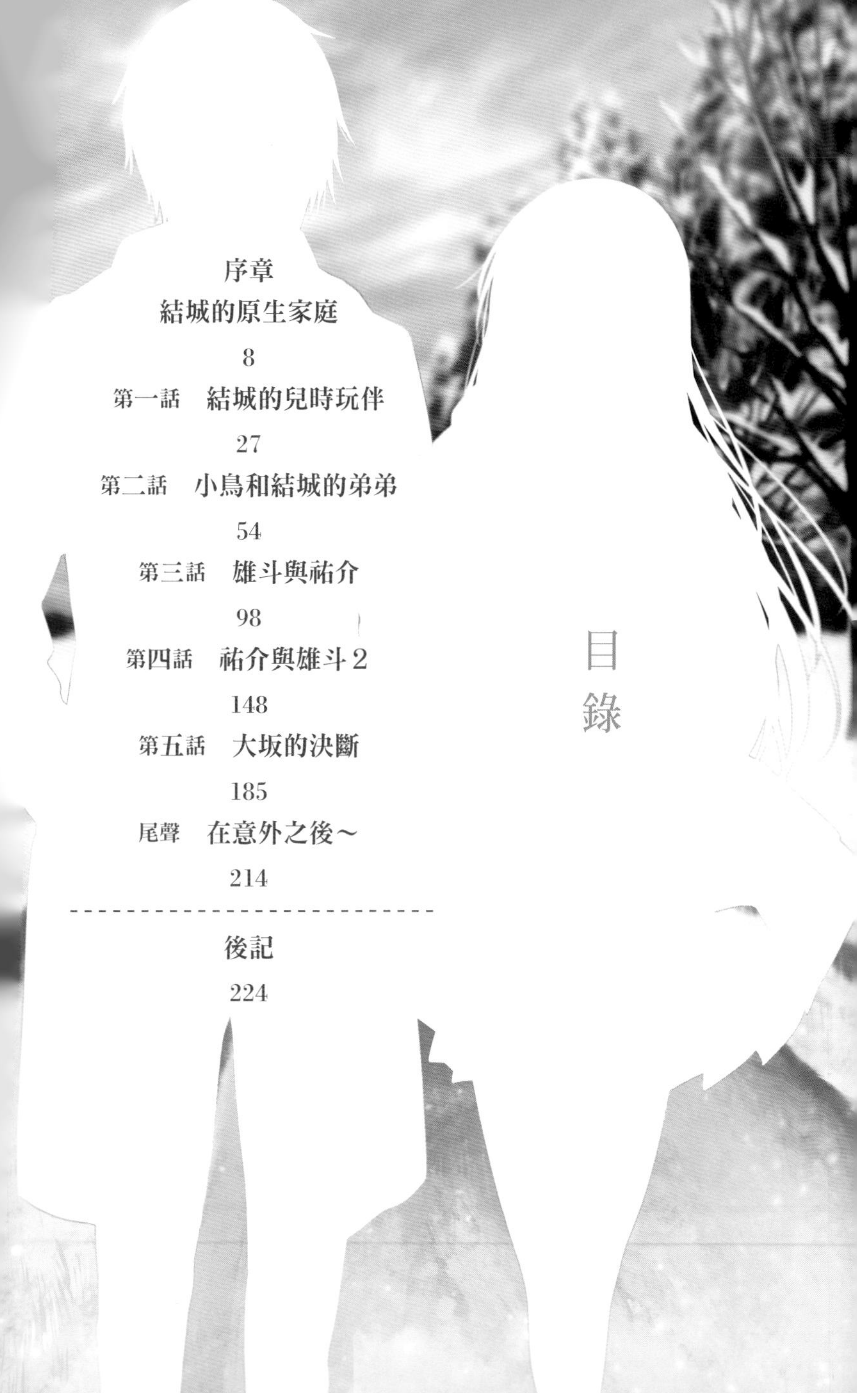

目錄

「祐介……」

救了想一躍而下的女高中生會發生什麼事？4

岸馬きらく
插畫／黒なまこ
角色原案、漫畫／らたん

Kadokawa Fantastic Novels

序章　結城的原生家庭

寒假第一天。

高中二年級的結城祐介，一大早就隨著電車搖來晃去。

「不過，我真的很久沒回老家了。」

結城看著窗外如此低語。

「你上次回去是什麼時候？」

說這句話的人，是坐在對面座位的清水小鳥。

這名少女有一頭烏黑長髮，端整柔和的五官，可說是正統派美少女。

她現在高中一年級，是結城的女朋友。

小鳥動作優雅地吃著路上買的火車便當。

（我的女朋友連吃便當都這麼美麗可愛。）

結城這麼想，同時回答：

「嗯～啊～印象中是高一的暑假吧？」

聽結城這麼說，小鳥的表情有些驚訝。

「將近一年半沒回去了呀……伯母應該很擔心你吧？」

「會嗎？我媽的教育方式是放羊吃草型，感覺不會耶。畢竟當時我說『我要去讀城鎮的高中，所以想一個人住』，她就馬上回答『如果你能自己負擔房租，那就隨你的意吧』。」

「阿、阿姨的性格很果斷耶。」

光看小鳥的反應，就覺得自己媽媽真的有點怪怪的。

對結城來說，這是很正常的事，所以不太能體會。但聽其他人聊起母親時，都是更加操心、顧前顧後，讓小孩子有點煩躁的感覺，這才是普通的母親。

「而且還有錢跟時間的問題。」

「啊，原來如此。」

小鳥表示理解地說。

結城的老家很遠。

要先從他們居住的公寓搭兩小時的電車，再搭一個半小時左右的公車上山才會到。

這麼遙遠的距離，光是往返的費用就很可觀了，忙著工作和讀書的結城也沒有時間。

「……不過真沒想到金錢和時間的問題都能解決，放上一整個寒假呢。」

結城聳聳肩這麼說。

他想起三週前的事。

決定要在寒假期間帶小鳥回老家的結城，跟其中一個打工地點——親戚經營的工廠提出「希望年底可以排幾天連休」的請求。

結果剛好同樣待在抽菸區的那個親戚，亦是他的直屬上司兼社長說：「呃，我反而希望結城再多休幾天。」

另一個打工地點——搬家公司的區經理也說了類似的話，於是整個寒假的時間不知不覺都空下來了。

順帶一提，他還從社長那裡拿到回老家的交通費。

被照顧到這個地步，結城寒假期間也只能乖乖休息了。

「呵呵，大家都很關心結城呢，他們人真好。」

小鳥笑著說。

「是啊，我真的備受關照。社長、深川部長和區經理實在很體貼。最重要的是，我有個像小鳥這樣的女朋友，願意溫柔地做我的後盾。」

「……是、是嗎？」

「謝謝妳總是陪著我。」

「嗯、嗯……我才該謝謝你……」

說完，小鳥的臉變得羞紅一片。

結城已經慢慢習慣像這樣直接道謝和告白了，然而小鳥現在依舊會害羞。

但這種反應實在是可愛得不得了。

「不過……」

結城將手肘靠在窗沿嘆了口氣。

「……你想到什麼了嗎，結城？」

「嗯，想起一些事。」

結城看著越來越充滿綠意的窗外景色說：

「我都休假兩個星期以上，工作還是能照常進行，想想就有點寂寞。」

「很像工作狂上班族會說的話呢。」

小鳥露出苦笑。

◇

在電車上晃了兩小時，來到周遭沒什麼建築物的車站後，結城他們再度搭上了公車。

順帶一提，他們又必須花上將近一小時才能等到這班公車。

這讓結城再次感受到自己的老家有多鄉下。

儘管平常住的地方也稱不上都會區，但市公車在離峰時段一小時也有兩班。

於是，他們現在又乘著公車晃呀晃的，爬上了山路。

或許是沒什麼機會見到吧，小鳥看到屋齡老舊的木造民宅、一望無盡的農田和防止山崩的鐵絲網時都讚嘆不已。

公車再往上走，就能看到積雪了。

一個半小時後——

公車終於抵達了結城的老家。

不過……

「可惡……超暈的……」

「你還好嗎，結城？」

小鳥摸了摸結城的背部這麼說。

其實結城很容易暈車。

朝同一個方向直行的電車沒什麼問題，然而坐到會繞彎和踩剎車的車上，他基本上都會暈車。

公車開上山路後，行進間勢必會蛇行，對結城來說簡直就是地獄。雖然吃了暈車藥，卻也只能暫時緩解而已。

「當上醫生後，我一定要開發出絕對不會暈的暈車藥……」

「要休息一下嗎？」

聽了小鳥的問題後——

「不，沒關係，走一走就會舒服一點。而且外面很冷。」

今年的積雪狀況不算嚴重，然而這一帶海拔較高，依舊冷得刺骨。

結城本想拿起地上那個裝著兩人份過夜行李的包包，準備往前走……

小鳥卻將那個包包一口氣拿了起來。

「來，我們走吧。」

「……呃，我真的沒事啦，讓我拿吧。」

他確實不太舒服，但也只是暈車而已。

更重要的是，雖然這種想法在當今社會已經不被接受了，不過他還是不想讓女孩子拿行李。

不過……

「結城，你真的很厲害。」

「呃，以暈車後還有辦法走動這一點來說，可能滿厲害的吧……」

「但你實在很不會放鬆。」

小鳥斬釘截鐵地這麼說。

「現在雖然身強體壯，不過老了怎麼辦？說不定以後是結城先倒下，需要被人照護呢。」

「話是沒錯啦。」

「從現在開始，先練習在遇到困難的時候依賴別人吧。」

小鳥露出溫柔的笑靨這麼說。

「……也對，那就麻煩妳了。」

「好。」

結城再次體會到這個女朋友有多好，並緩緩邁開腳步。

小鳥也跟在結城身後。

因為拿了兩人份的行李，行動上有些不方便，小鳥卻毫無怨言地緊跟在他身旁。

「吶，關於剛才的話題。」

「什麼？」

「就是老了以後……妳的前提是，在那之前都會一直陪在我身邊嗎？」

聽結城這麼說。

「呃……嗯，是呀……」

滿臉通紅的小鳥，用越來越小的聲音這麼說。

（……我的女朋友太可愛了吧。）

結城深有所感。

◇

從車站走了一段路後，就能看見一棟木造的雙層民宅。

這裡便是結城的老家。

在寬敞到可以停好幾台車的庭院裡設置了一座魚池，裡頭的金魚都已經凍僵了。

久久回一次家的結城覺得有點懷念，卻仍憑藉著習慣按下玄關的電鈴。

「我回來了。」

這個家當然沒有透過對講機鏡頭看到訪客的功能，所以結城大聲告知兒子回家了。

隨後，就聽見房裡傳來「噠噠噠」的匆忙腳步聲。

玄關門「喀啦」一聲猛地打開。

「你回來啦，祐介。」

以低沉嗓音迎接結城他們的，正是結城的母親——結城麻子。

她將一頭金髮隨意紮在腦後，眉眼犀利，肌膚光滑又健康。因為平常都會下田工作，身材也相當緊實。身高應該略高於平均值，但由於手腳修長，看起來比實際身高還要高。

「你還是一樣有精神嘛，祐介。」

「托妳的福。」

「嗯，非常好，健康最重要。我這人全身上下只有健康可取，你可以好好感謝我的基因喔！」

說完，麻子就哈哈大笑，用力拍拍結城的肩膀。

她的嗓門依舊這麼大。

雖然一年沒見了，麻子旺盛的活力和體力卻絲毫沒有衰減。

「讓我瞧瞧，這位就是你老是掛在嘴邊的小鳥啊……」

說完，麻子以手抵著下顎，直盯著小鳥的臉。

「呃，那個……」

忽然見識到麻子的激動反應，小鳥的眼神不知所措地四處游移。

「…………」

麻子默默地望著小鳥一會兒。

「……嗯～？」

她歪著頭低吟了一聲，用袖子擦擦自己的眼睛。

接著重新看向小鳥。

「……真奇怪，眼前是個無可挑剔的超級美少女耶？雖然今天的確是我兒子帶女朋友回來的日子沒錯啦。」

「喂，妳什麼意思？」

「你是不是對她施了什麼魔法？」

「只是很正常地問她要不要跟我交往而已！」

我救下原本要從大樓頂樓跳下來的她，隨即在當天提出交往這件事，還是先別提好了。

「咦，真的假的？天哪，世上真的是無奇不有耶。我知道了，是不是前世的影響？你前世的修為一定好到不行。」

麻子深有所感地說。

大谷那時候也是這樣，每當結城介紹小鳥是自己的女朋友之際，大家都會被嚇到。

小鳥確實是驚為天人的美少女，但也不至於驚訝成這樣吧。到底自己讓大家覺得多不受歡迎？真令人忿忿不平。

另一方面，小鳥看到麻子後也瞪大雙眼。

「咦？那個……結城……啊，不對，這位是祐介的母親吧？」

「嚇到妳了吧？」

「是呀，因為她看起來好年輕。」

沒錯，結城的母親看上去相當年輕。

年輕到無法想像她有個高中二年級的兒子。

「哎呀哎呀，小鳥妳嘴巴可真甜呀。順帶一提，妳覺得我幾歲？」

「咦？我想想……」

這個突如其來的問題讓小鳥一臉困惑。

「從外表真的猜不出來呢。結城今年十七歲的話……您應該四十歲左右吧？」

「錯嘍～正確答案是二十九歲～」

「什麼？」

「呃，她騙妳的。我媽很愛開這種無聊的玩笑。」

若只看外表，感覺確實更年輕一點，然而這樣一來等於是她十二歲就生下結城了。至少這在日本是違法的。

「其實是三十四歲。」

「啊，原來如此……但依舊很驚人呢。」

「哈哈哈！高中的課業無聊死了，多虧懷了祐介才能輟學，我反而覺得很幸運耶。反正我的偏差值只有三十左右，根本考不上大學嘛！」

有些人聽了可能會覺得這段往事很悲慘，麻子卻像這樣豪爽地一笑置之。

「……雖然聽祐介談過幾次，但您真的很了不起呢。」

小鳥這麼說，似乎被麻子的氣勢震懾住了。

但倒不是被嚇傻的感覺。小鳥本來就對自己想法消極這點耿耿於懷，碰上麻子這種超級樂天派的人，反而感到尊敬不已。

「好啦，別在這種大冷天站著說話了，趕快進來吧。裡面有會讓都市女孩嘖嘖稱奇的暖桌喔。」

麻子說完，又踩著急急忙忙的腳步聲走回家裡了。

◇

「……喔，這就是暖桌啊。」

小鳥一走進客廳，目光便被坐鎮在正中央的凹槽式暖桌給吸引了。

「妳以前也沒看過這個嗎？」

「是啊，只在電視或漫畫裡看過。」

說完，小鳥目不轉睛地觀察著暖桌。

剛才麻子以「都市女孩」形容小鳥時，結城本來還覺得沒這麼誇張，但或許也不見得有錯。

（仔細想想，她是職棒選手的女兒，就讀能從小學直升高中的私立女校，可說是備受呵護的千金大小姐嘛。）

至少對她來說，這種落後的鄉村生活應該充滿了新鮮感吧。

「妳可以坐進來啊，別客氣。」

聽結城這麼說，小鳥轉頭望向他，並用眼神示意「真的可以嗎？」

見狀，結城點了點頭。

於是小鳥小心翼翼地把腳放進暖桌。

「呼哇，好溫暖喔……」

說完，她方才仍有些緊張的表情頓時鬆緩許多。

「哈哈哈，看妳對暖桌這麼滿意，就覺得幸好有帶妳回來。那我也……」

結城將手上的行李放在地上，由小鳥的右側把腳放進暖桌。

「剛才實在很冷耶，暖桌的熱氣讓身體都暖起來了。」

結城這麼說著，放眼望向四周。

「不過……家裡真的沒什麼變耶。」

迎接回到家的結城的，是玄關處莫名其妙的擺設、通往二樓的陡峭階梯、品味古怪的紫色花紋地毯，以及泥土和木頭的氣味。

他就是在這個家裡長大的。

「……呼。」

結城不由自主地嘆了一大口氣。

看他這樣……

「待在老家果然比較放鬆嗎？」

腰部以下都鑽進暖桌裡的小鳥如此問道。

「是啊，畢竟是熟悉的地方嘛。」

對結城來說，這個家充滿了從出生到上高中前的種種回憶。儘管被父親逼著練習棒球的回憶占了絕大多數……

「我覺得有個讓人有歸屬感的地方是件好事。我……從來不認為自己的家是『避風港』。」

「……是嗎？或許吧。」

直到前段時間，小鳥都還與入監服刑中的清水住在一起。

雖然小時候母親也住在那個家，但對小鳥來說，那裡滿是辛酸痛苦的記憶。

「……我和小鳥現在住的公寓啊……」

結城說出浮上心頭的想法。

「嗯。」

「呃，或是如果我們以後搬到其他地方，希望在小鳥心中，我們定下來的那個家就是『避風港』。」

「……」

小鳥有些驚訝地沉默了一會兒，隨後卻緩緩搖頭。

「……已經是嘍。」

她將手伸出暖桌，握住結城放在桌上的手。

「對我來說，有結城在的地方便是『避風港』……」

「小鳥……」

自手上傳遞而來的小鳥體溫，比暖桌的溫度更為溫暖。

這股溫度讓結城還想多感受一些，於是回握小鳥的手。

「……」

「……」

兩人默默地凝視著對方。

他們各坐在四角形暖桌的鄰邊，距離卻近得可以輕易觸碰到彼此。

兩人的臉自然而然地慢慢湊近。

自從結衣離開，兩人開始同床共枕的那天以來，儘管次數不多，但結城和小鳥偶爾會接吻。

時機並不固定。

只要膩在一起，自然就會營造出那種氛圍。

而現在正是那個時機。

小鳥閉上雙眼。

結城溫柔地用手托起小鳥的下顎，將嘴唇緩緩湊近……

「鏘鏘～！這是鄰居送的橘子～！暖桌上一定得放橘子嘛～！」

麻子宏亮的嗓音隨著紙門用力被拉開的聲響傳了過來。

兩人猛然一驚。

並以飛快的速度往後一彈，將臉挪開。

「……哎呀？哎呀呀呀～？」

看了結城他們的反應，麻子說道：

「好像打擾到你們了呢？我還是先出去好了，大概兩小時。反正雄斗也不會下來，你們儘管放心。」

如此表示的她，將放著橘子的籃子擺上暖桌。

讚！

接著她眨了眨眼，豎起大拇指比讚，旋即走出客廳。

「等等！不是，妳沒必要出門吧？而且妳給的時間太露骨嘍！」

結城對不知算不算體貼的母親狠狠吐槽。

另一邊的小鳥則已經連耳根子都羞紅一片了。

◇

「……麻子阿姨真的出門了耶。」

小鳥苦笑著說。

「是啊……對不起，小鳥，讓妳看到這麼激動的老媽。」

結城的母親真的一如往昔。

「別這麼說，像她這麼歡樂的人，我覺得很棒呀。」

聽起來小鳥似乎真的樂在其中。

「而且阿姨跟你很像呢。」

「咦，會嗎？妳是說長相還是性格？」

「都有。」

「有像嗎？」

其實他很少聽別人這麼說。

畢竟是母子，長相多少有些相似。但結城覺得自己與母親的性格截然不同。

當兩人在暖桌裡取暖閒聊之際——

叮咚～

家裡的門鈴響了。

小鳥不假思索地離開暖桌站了起來，準備走向玄關。

老家。

「……嗯？」

結城遲了一會兒才回過神來。

「啊，現在應該換我去開門才對吧。」

平常雖然有些過意不去，但結城依舊會把迎接訪客這件事交給小鳥。然而這裡是結城的老家。

說不定是鄰居上門拜訪。要是忽然看到有個陌生的女高中生開門，應該會嚇一大跳吧？

儘管暖桌的溫度讓人依依不捨，結城仍起身前往玄關。

起身時，他不經意地往窗外一瞥，並在看到訪客的身影後喃喃說道：

「……啊，什麼嘛，是大坂啊。」

那是直到國中為止都和結城同校的女同學姓名。

第一話　結城的兒時玩伴

只見一名少女雙手環胸，氣勢洶洶地站在結城老家門口。

「哼！結城這傢伙，回來了也沒跟我說一聲。」

少女在制服外穿著品味高雅的絨毛外套，名叫大坂奈央子。

十七歲的她就讀於此區唯一的高中——縣立不二洞高中。

身高１７０公分的她，體型藉由運動鍛鍊得相當緊實，肌膚是小麥色。她將長度及腰的長髮束在腦後。

儘管有雙好勝的眼眸，但她的五官十分端正，妝容也很精緻，完全配得上「美人」這個頭銜。

在結業式結束，寶貴的寒假即將展開的這天，大坂為什麼會來結城老家呢……

（呵呵呵，這一刻終於來了。）

大坂獨自在玄關前竊笑起來。

因為她喜歡結城。

當然是異性的那種喜歡。

（回想起來，國中那三年……我把心思都放在田徑上，完全沒有身為女人的自信，所以沒能告白……）

國中時期的大坂被爸爸隨便剪成超級短髮，說話口氣也像極了男孩子。

當然，即使有化妝的閒工夫，她也會拿來做體幹訓練。

拜此之賜，國中時期她的田徑成績甚至好到能參加全國大賽，同時卻在畢業之際認為「沒有身為女人的自信，所以沒辦法告白」，覺得相當難為情。

不想再繼續當魯蛇的意念，在大坂心中越燒越旺。

所以她決定培養自己的女人味。

大坂奈央子，是個一旦投入便會堅持到底的女人。

雖然依舊給人健美的印象，但現在的她有一頭保養得宜的胡桃色長髮、努力練習過的自然妝容，以及下足苦功模仿其他女孩的說話語氣和行為舉止。儘管仍帶著一絲粗野和難以掩藏的好勝心，卻已能讓人意識到她是個女孩。

現今社會或許已不再追求男女的刻板印象，但總之大坂自己覺得「我是輸家」，這也是沒辦法的事。

於是……可能是這一年的努力有了回報，大坂現在在學校也很受歡迎。

這是理所當然的。她甚至可以堂堂正正地說出「自己是學校第一美女」這句話。

剛剛高中的結業式結束後才被班上男生告白的她，甚至以「我覺得你配不上我」這種理由加以回絕。

然而讓大坂下定決心培養女人味的男孩，早已離開這座城市了。

（我好不容易成了一個好女人，他卻到別的縣市讀書……）

這樣自己不就沒機會展現努力提升的戰鬥能力了嗎？

大坂才這麼想，就在兩天前聽到結城的母親麻子開心地用大嗓門喊著：「我兒子後天要回來啦！」

原來如此。

機會終於來了。

……因此，大坂奈央子現在才會像這樣站在結城家玄關前。

「好，上吧。」

她按下門鈴。

隨即傳出舊式門鈴特有的「叮咚」聲，穿透力十足，卻尖銳得有些刺耳。

她聽見房裡傳來穿過走廊的腳步聲。

（這個腳步聲……不是麻子阿姨吧……）

麻子的腳步聲要來得大聲點，另一個人的步伐則是更慢一點。

如此一來……利用刪去法，應該就是已經回到家的結城了吧。

喀嚓！

響起門鎖打開的聲音。

來，給我睜大眼睛看好了，結城祐介。

看看你國中時期瞧都不瞧一眼……應該說你從來沒當成女孩子的女人蛻變後的模樣。

可以的話，希望你能神色驚慌地以委婉語氣提出交往要求。

門「喀啦喀啦」地打開了。

接著……

「啊，妳好。」

門後竟然出現了一個可愛得非比尋常，有著烏黑長髮的超級清純美少女。

「！」

突如其來的發展讓大坂嚇得杏眼圓睜，感覺眼珠子都要飛出來了。

「小鳥～至少在我家這段期間讓我來應門啦。」

邊說著這句話邊從裡頭走出來的，是她原本預想中的那個人——結城祐介。

「啊，結城，不好意思，我已經習慣了，不出來應門就靜不下來。」

「我也因為習慣交給妳處理，反應才會慢半拍。回去之後，我偶爾也該自己應門呢。」

況且這個超級美少女還用十分親密的口氣與結城對話。

大坂奈央子體內的女人第六感偵測到不祥的預感。

「嗨，好久不見，大坂。」

結城態度輕鬆地打了聲招呼。大坂則開口問道：

「呃……祐介，她是誰？」

「啊，這個嘛……」

結城有些害羞地搔搔頭。

「是我女朋友。」

「我叫清水小鳥，請多指教。」

說完，小鳥便鞠躬問候。她的動作連身為女人的大坂都覺得既自然又可愛。

「……」

大坂張大嘴巴，露出與可愛絲毫沾不上邊的呆滯表情，愣在原地好一陣子。

◇

結城與大坂的關係，亦即所謂的兒時玩伴。

話雖如此，他們只是因為家住附近，讀同一所國小國中而已，並不會特別聊天或玩耍，用兒時「玩伴」一詞形容也有些尷尬。總之他們是舊識。

若問大坂是不是一開始就對結城有好感，倒也並非如此。

大坂本來就是不肯服輸、自尊心很高的女孩。

課業和運動都得名列前茅，否則她不能接受。

因此她必須拚命付出比常人多一倍的努力，根本沒時間對男女情事萌生興趣。

鄉下學生的唯一樂趣就是談戀愛，她反而瞧不起那些同學。

而大坂之所以會喜歡上結城，是受到他近乎苛求地練習棒球的身影吸引。

大坂和結城母校的學生基本上都抱持這種想法——只要隨隨便便混日子，讀當地那種每年都差點招不滿學生的低偏差值高中就好。

她打從心裡厭惡這種消極的態度。

這些人只是披著人皮而懶惰的鄉下笨猴子，與他們被歸在同一層次讓大坂相當不悅。

然而結城祐介不同。

儘管由於他沒加入社團，很少在學校看見他的身影，但大坂經常看到他在附近的操場上，和俱樂部球隊或父親進行自主訓練。

而若要形容他的練習態度……應該是「懾人心魄」吧。

那心無旁騖地不斷練習投球和揮棒的樣子，光看就令人寒毛直豎，甚至讓大坂深感羞愧地們心自問：「我有辦法像他那麼努力嗎？」

大坂在結城身上找到了親近感。

啊，這個男人跟自己是同類。

不會消極度日，每分每秒都活得無比認真。

結城曾為學校棒球隊以代打球員的身分參賽過一次。初次看到結城比賽的模樣，這份親近感化作了戀慕。

他以壓倒性的實力連續擊敗打者的英姿，實在太帥氣了。

摘下帽子以衣袖擦汗的動作也讓人目眩神迷。

至於課業方面，真要說起來，結城即使在學力偏低的鄉下公立國中也是吊車尾的等級，再加上言行舉止不像女孩會喜歡的王子那般優雅，是以完全不受其他女生歡迎。但大坂反而覺得這一點加了不少分。

只有自己知道這小子的優點在哪。

倒不如說，只有自己知道才好。

然而就是因為太放心了，結果到畢業那天她都沒能告白……

話雖如此，反正結城也不是上高中換了環境就會改變的那種男人。

他在高中一定也只會對自己的目標感興趣，默默地獨自努力吧。

（……本來以為是這樣。）

此時此刻，大坂正在結城家的客廳，與結城及他的女朋友小鳥一起坐在暖桌裡。

「結城要吃嗎？」

小鳥將橘子皮剝得乾乾淨淨，向結城這麼問道。

「謝謝，那給我一片吧。」

「來，請吃。」

說完，小鳥便剝下一片橘子，拿到結城嘴邊。

「嗯……真好吃。謝謝妳。」

「哪裡……啊，真的很甜很好吃呢。這是結城家種的橘子嗎？」

「對啊，我媽喜歡園藝才種的。」

「……」

大坂沒說話，僵硬的笑容也抽了幾下。

這兩人是怎樣？為什麼我得被迫欣賞他們這麼自然的情侶互餵戲碼……？

「嗯？怎麼了大坂？妳的表情跟看到珍禽異獸沒兩樣耶。」

「結城……你交到女朋友了呢。」

「對啊。」

「我還以為你對這種事完全沒興趣。」

「哎呀，該怎麼說，就是一見鍾情的感覺。」

這位兒時玩伴說話時臉頰微紅，臉上的笑容卻又帶著一絲喜悅。

嗚哇，真讓人煩躁……

上一秒才失戀的她，遭到心儀對象當面曬恩愛，簡直是無上的屈辱。

儘管大坂的眉毛抽個不停，然而對話依舊持續著。

「在我們初次見面那天，結城就問我要不要交往，嚇了我一大跳。」

「啥？」

大坂忍不住大喊一聲。

曾幾何時，結城居然變得如此熱情？

「等等，小鳥，那是……」

「說出來也沒關係吧？我當時真的很開心，開心到……我想這輩子都忘不了哦。」

「……這樣啊。哎呀，那就好。聽到小鳥馬上答應時，我也很高興呢。」

「這樣啊……」

「對啊……」

「……」

「……」

結城和小鳥又滿臉通紅而不發一語了。

大坂的太陽穴頓時爆出青筋。

「……我要回去了。」

說完，她隨即起身。

結城驚訝地說：

「咦？這麼快？妳可以多留一會兒啊。」

「少囉嗦！我說要回去就是要回去！」

大坂怒吼道。

「……這樣啊。」

或許是發現她心情不好了吧，結城這才不再繼續挽留。

「我惹妳生氣了嗎？有的話我跟妳道歉。」

他平常明明很遲鈍，偏偏在這種時候很會察言觀色，這也讓大坂十分惱火。

「那妳離開之前可以聽我說嗎？先前一直沒機會開口。」

「你要說什麼？」

「妳上高中之後變得很可愛耶，真是嚇到我了。」

「……」

大坂默默地從暖桌上拿起一顆橘子。

「哼！」

接著用力扔向結城的臉。

「啊噗咿！」

「這種時候聽到稱讚讓人感覺很火大！」

「太不講理了吧！」

「哼！」

她離開客廳，走向玄關，穿上鞋子後走出結城家。

「啊～討厭！氣死我了氣死我了氣死我了！」

邁開大步走在有些積雪的路上，大坂怒吼道。

「為什麼我會覺得有點開心啊？氣死我了！」

◇

時間來到當天晚上。

「來。小鳥難得來玩，今天就吃個奢侈的火鍋吧！」

結城家的暖桌上放了個大鍋。

「小鳥沒來的時候，我們也一天到晚吃火鍋吧。」

比起情緒莫名高漲的麻子，結城顯得有些無奈。

麻子的料理說好聽點是豪邁，說難聽點則是隨便。

她基本上都是遵循「丟一大堆食材」→「放一種調味料」→「燉煮或油煎」這個流程完成的。

雖然菜餚本身很好吃，但結城從小到大有過太多次整週都吃火鍋的經歷，所以只覺得稀鬆平常。

他對自己進行了剖析：在遇到小鳥之前，我的飲食習慣也相當隨便，可能跟這點有關吧。

「哎唷～你在說什麼？今天可是放了豬肉耶。別小看我們家經濟拮据的狀況喔。」

「這我倒是深有體會。」

「不喜歡就不要吃～我要把不是特價品的肉全吃光！」

麻子噘起嘴，將裝滿食材的盤子抱在自己面前。

「呃，我哪有說不喜歡？」

「好啦好啦，結……祐介、麻子阿姨，你們別吵了，和和氣氣地吃飯吧。」

小鳥邊說邊走進客廳。

她手上拿著取自廚房的分裝小盤子。

「謝謝妳唷，小鳥。妳真的很機靈耶。」

「呃，那個……一直被兩位款待，總覺得靜不下來。」

被稱讚的小鳥害羞地這麼說。

「……吶，我也來幫忙吧。」

「你給我閉嘴乖乖坐好。要是你打破盤子，我還得花錢買新的來換。」

「那個……沒關係啦，祐介。三個人一起做事反而不好活動。」

「……我真沒用。」

結城是家事白痴。

尤其在烹飪方面，已經到了一旦烹煮泡麵以外的料理，不知為何每隔幾次就會打破盤子的程度。

「好，那就開動吧。」

麻子如此表示。

（嗯？）

此時結城才忽然意識到。

「欸，雄斗呢？」

「他最近都不想跟我一起吃飯呢。」

小鳥疑惑地問道：

「說起來，剛才也曾聽過這個名字。請問雄斗是誰？」

「啊，是我弟哦。」

「咦？結城有弟弟呀？」

小鳥訝異地說。

「奇怪，我沒說過嗎？他叫結城雄斗，比我小兩歲，現在國三。」

結城站起身。

「他在房間吧？我去跟他打個招呼，順便說幾句話吧。」

「啊，我也要去，還沒跟他打招呼呢。」

◇

結城和小鳥走上玄關入口處的木製階梯。

這座樓梯相當陡峭，完全沒考慮到無障礙設計，很有古早建築的感覺。不過光是往上走就會用掉不少力氣，說不定可以有效預防老化。

走上樓梯後，能看見深處有幾個房間。右邊是結城的房間。而對面那間則是弟弟雄斗的房間。

叩叩叩。

結城輕輕敲門——

「喂～雄斗～我回來了～」

儘管他如此呼喚，門後卻毫無回應。

「你在睡覺嗎～我要進去嘍～？」

由於出聲也無人回應，結城便打開房門。

房裡沒有開燈。

只有手機螢幕的光源微微晃動。

那道光源照著一名少年，看似在棉被裡蜷著身子，躺著玩手機。

雖然光線昏暗而看不清長相，但他正是結城的弟弟，結城雄斗。

「搞什麼？醒著至少回我一聲啊。」

聽到結城這麼說，雄斗緩緩地轉過身來。

「……」

沉默了一會兒後——

「……哥，你回來啦。」

他只說了這句話。

「嗯，難得有這麼長的休假，我預計整個寒假都會待在這裡。」

「……喔。」

雄斗的目光移向小鳥。

「啊，呃……我是清水小鳥。我跟祐介……那個……在交往。」

如此說完後，小鳥隨即低頭鞠躬。

「哥……你交女朋友了。」

「嗯，對啊。」

「是喔……哎呀，怎樣都好啦。」

言盡於此的雄斗將視線移回手機螢幕，繼續玩他的遊戲。

「晚餐已經煮好了。今天吃火鍋，有我們家很少放的豬肉喔。」

「我現在剛好不餓……」

「是嗎……好吧，我先幫你留起來。餓了就過來吃吧。」

結城只留下這句話，接著便關上房門。

他在門前嘆了口氣。

「還是老樣子……」

「你弟弟看起來無精打采的耶？」

「雄斗他啊，沒去上學呢。」

「咦？真的嗎？」

小鳥驚訝地說。

雖然現今世道拒絕上學早已不是多罕見的事。然而仔細想想，小鳥在那麼難熬的處境下仍堅持上學，在結城家過著閉門不出的生活時，依舊認真維持學校課業。

或許是因為她太認真了，才無法想像拒絕上學是什麼概念吧……

「似乎是在我離鄉前一年……那小子剛上國中沒多久的時候吧。他完全不告訴我們發生了什麼事，但忽然就不去學校了。雖然我的確擔心他這樣會不會出問題……卻也不想強迫他。」

「結城就是這樣呢，當初也是什麼也沒問便接納我了……麻子阿姨有說什麼嗎？」

「我媽只說『沒關係，趁年輕多迷惘幾次也好。要是真有什麼狀況，繼承家裡農務就行了』，完全沒在管。」

「……很有麻子阿姨的風格呢。」

「嗯，這種時候只能等他自己下定決心。希望他趕快打起精神，像小時候那樣再跟我一起玩傳接球嘍。」

結城說完便離開雄斗的房間，走下樓梯。

跟在他身後的小鳥偷偷往後一瞥。

獨自蜷縮在陰暗房間裡的身影，彷彿和過去的自己重疊了。

◇

另外，同一時間——

「啊～煩死了！」

大坂奈央子在自己房裡抱著鱷魚抱枕（名字是小鱷太），趴倒在床上。

她抬頭望著天花板，回想今天發生的事。

『本來想著哪天重逢時要以自己的魅力迷倒那個男人，結果他交了女朋友』。

簡言之就是如此。

況且還是個性超好，長得超漂亮的女朋友。

世上應該很常發生這種狀況。熬過這段微苦的經驗，少年少女就會變成大人了吧。

可是……

「……為什麼？怎麼每次只要碰上那小子，我就這麼不順利啊？」

大坂奈央子憑著天生的才能與不懈的努力，在各方面取得了成功。

儘管只是地方高中，但她的運動和學業成績始終保持第一。

甚至連國中時期少得可憐的女性魅力，也經過一整年磨練而成為堪稱校內第一的美女。

只要心懷期望，付出努力，她就能實現任何夢想。

卻在戀愛方面屢屢觸礁。

明明有那麼多次機會，但她總是失手錯放。

「算了，無論我怎麼想，都改變不了他交到女朋友的事實……」

她輕聲呢喃。

（……不，不對。）

然而腦海中浮現出這股念頭——自己真的要就此放棄嗎？

不。

大坂奈央子絕非如此頹廢的女人！

不就只是那個名叫小鳥，連女生看了都覺得可愛的女孩子先跟結城交往而已嗎？

自己之後便無法接近結城了嗎？哪有這種道理！

「……呼。好！」

大坂從床上站了起來。

◇

隔天早上——

大坂前往結城家。

結果看見獨自在玄關前打掃庭院的小鳥。深感慶幸的她出聲喊道：

「喂，我想跟妳聊聊，可以跟我來一下嗎？」

說完，她便領著小鳥來到附近一間已經廢校的小學遺址。

這裡就可以避人耳目了。

「那個……妳要跟我說什麼呢？」

結城的女友……小鳥有些困惑地如此問道。

她的舉止和聲線都自然地流露著可愛的氣息，讓大坂大為光火。

「……妳幹嘛一大早就在打掃別人家庭院？」

總之大坂劈頭先拋出這個問題。

是麻子拜託她打掃的嗎？

或是為了提升男友家人對自己的好感？

小鳥卻說：

「呃，因為我平常習慣早起，沒事可做而嫌得有些發慌，所以就……況且我也不討厭打掃。」

我這人很無聊吧，好丟臉——她的語氣裡透露出這種感覺。

聽起來不像在隱瞞真心。

「……哦。」

這女的是怎樣？

該怎麼說？簡直是無懈可擊的女人。

世上居然存在這種堪比國寶的溫婉美人嗎？

真令人反感。

大坂如是想。

我費盡千辛萬苦才學會的溫柔舉止，居然是她與生俱來的本領。

而且還跟我看上的男人交往，不恨她要恨誰呢？

大坂淺淺一笑，緩緩逼近小鳥。

「呃，怎麼了嗎……」

她將困惑的小鳥逼到牆邊——

咚！

她的手粗魯地搭上牆面，把臉湊近對方說：

「……喂，妳跟結城分手吧。」

小鳥訝異地瞪大雙眼。

「我從以前就看上他了，結果一不留意便被人搶走，讓我很傷腦筋呢。比起妳這種陰沉又不起眼的女人，跟我這種優質開朗，位於金字塔頂端的女人交往，他應該會比較高興吧？」

大坂的聲音以女生來說本來就偏低，但她說出這些話時又把聲線壓得比平常更低。

「……」

小鳥默默地低下頭。

儘管被瀏海擋住而看不清楚，不過她可能已經淚眼汪汪了吧。

於是大坂乘勝追擊。

「喂，別悶不吭聲。說句話啊？」

「……如果我說不要，妳打算怎麼做？」

「這個嘛……不如讓我給妳點顏色瞧瞧？」

說完，大坂就做出舉起右手的動作。

儘管她也覺得自己這種行為像極了少女漫畫裡的反派，這時卻已無暇挑選手段。

雖然她並未打算真的動手，但若能讓小鳥心存警覺，使兩人的關係出現裂痕，或許她就有機會介入了。

小鳥繼續低著頭……

「……我知道了。」

並如此表示。

下一秒——

大坂的視線忽然轉暗。

「！」

她馬上就察覺發生什麼事了。

她的腹部忽然曝露在冬天的冷空氣當中。

亦即小鳥將大坂的上衣掀到臉部，遮蔽了她的視線。

不僅如此……

腳還被輕輕絆了一下。

忽然看不見前方讓大坂驚慌失措，因此毫無抵抗地一屁股跌坐在地。

「……唔！」

她將蓋住臉部的上衣給拉下來。

隨後，那個留著烏黑長髮，看似手無縛雞之力的少女，竟動作流暢地以雙手撿起立在校舍牆邊的水泥磚。

她對跌坐在地的大坂說：

「我覺得不該動用暴力。要不要先用商量的方式解決呢？」

「那妳就把水泥磚放下來啊！」

「這是抑制力……跟妳開個小玩笑而已。」

說完，小鳥便將水泥磚放在地上。

「不過大坂，妳應該也不是真的想訴諸暴力吧？」

「咦？」

「妳不知道嗎？真的想揍人的人，眼睛深處會更加冷酷哦。」

小鳥歪著頭這麼說。

「誰知道啊！我才想問妳怎麼這麼清楚呢？」

搞什麼？她超恐怖的。

怎麼擺出會一副「這是常識哦？」的態度啊！

「不過……我的答案不會改變。」

小鳥的舉止一如往常地溫柔穩重，雙眼卻直盯著大坂。

「我絕對不會和結城分手，因為我愛他。」

甚至理直氣壯地拋出這句話。

「……！」

大坂站在客觀角度重新審視現在自己和小鳥的狀況，氣得咬牙切齒。

為了讓對方動搖，將對方叫到校舍後方卻被撂倒在地的自己；另一邊則是低頭俯瞰自己，直接對戀人做出愛的宣言的少女。

這是怎樣？這樣自己不就像個魯蛇了嗎？

啊，可惡！

怎麼事事不順呀！

只要跟那傢伙扯上關係，一切都會出問題！

況且在過去遇過的女人當中，這傢伙也是最讓她惱火的！

「……什麼啊？」

大坂焦躁地喊道：

「你們是怎樣！妳不是說初次見面那天就跟他交往了嗎？這樣還好意思說妳愛他啊！」

「……妳誤會了，大坂。」

小鳥緩緩搖頭。

她慢慢走向大坂，蹲下來與她視線同高。

「我認為愛情的分量跟時間無關。」

她的聲音聽起來如此溫柔。

「所謂的愛並非說來就來的那種心情，而是決定要『愛這個人』的念頭。」

嗓音雖然溫柔，卻充滿篤定。她說得斬釘截鐵。

「初次見到結城那天，感受到他的體貼和善意，讓我很開心，於是決定『要好好愛這個人』。唯有這份心意斷了，否則從那瞬間開始，我對結城便懷有愛意。」

接著，像是要溫柔告誡迷惘的朋友般……

「大坂，雖然妳剛才說了『他跟我交往會比較高興』這種話，但愛是無從比較的。這種想法遲早會讓妳嚐到苦頭。」

她如此表示。

「即使有個比結城更有錢、成績更好的帥哥出現在我面前，我也不會想愛他。這個決定出於我自身的意念，我相信結城也是懷著同樣的心情看待我。我認為這就是『愛情』。」

最後，她露出天使般的爽朗微笑。

「但老實說，結城的長相也剛好符合我的喜好。結城很帥吧。」

「……」

坐在地上的大坂不發一語。

（……她、她的人格特質跟我差太多了！）

這女孩各方面都太完美了吧。

這個小她一歲的女孩，以前到底是過著什麼樣的生活，才能有如此成熟的心靈？

壓倒性的挫敗感狠狠砸在大坂的頭頂上。

「嗚、嗚……」

「嗚？」

「嗚哇～！」

大坂嚎啕大哭起來。

就像幼稚園小孩那樣。

「咦？」

小鳥嚇了一跳。

大坂則連滾帶爬地離開了現場。

跟大坂談完後，小鳥回到結城家，發現結城在玄關前做伸展運動。

「早安，結城。」

「哦，早安啊小鳥……妳剛才好像跟大坂出去了，怎麼回事？」

「啊，這個嘛……」

小鳥有些猶豫，不太願意將剛才發生的事一五一十地說出來。

畢竟這攸關大坂的名譽。

身為兒時玩伴的她一直喜歡著結城，半路卻被自己這種忽然出現的人給搶走，生氣也是當然的。

「……聊了點女生之間的祕密。」

「哦……」

聽小鳥這麼說，結城似乎無意深究，以不太在乎的語氣這麼說。

「結城，你要晨練嗎？」

「對啊，難得出太陽嘛。雖然還是有點冷……啊，對了。」

結城說著，邊掏起口袋邊走向小鳥。

「妳沒戴手套會冷吧？喏，我有暖暖包，拿去用吧。」

「咦？」

小鳥的手剛才拿過冰冷的水泥磚，確實變紅了些。

「但你待會兒要在外面運動……」

「沒事沒事，運動後就會慢慢暖起來的……好，那我出發了！」

留下這句話後，結城便往家門口那條路跑了出去。

「……」

小鳥目送這樣的男友離去——

「……好溫暖啊。」

並感受著男友給她的暖暖包的熱度。

結城真的是個很棒的人。

她打從心底這麼想。

他與自己截然不同，充滿活力、開朗又活潑。

確實如大坂所言，他是自己配不上的人。

當然，小鳥不會因為這樣就乖乖把他讓出去就是了……

「說到截然不同……」

小鳥忽然想起昨天的事，並往這個家的二樓看去。

結城的弟弟雄斗應該還窩在那個昏暗的房間裡吧。

麻子和結城都以溫柔守護的態度對待雄斗。小鳥覺得這個方法本身十分正確。

但她總感到耿耿於懷。

正因為她並非麻子和結城那種開朗的人，才認為雄斗跟自己應該是同類人，或許希望有人能開口關心自己。

當然，這麼做可能只是多管閒事……

「……這種時候就只能且戰且走了。」

結衣那時也是因為這樣而創造出很多契機。

與其暗自掛念卻遲遲不付諸行動，倒不如做了再後悔。

倘若是自己的男朋友，一定也會這麼做的吧。

◇

小鳥走進家門，將昨天吃剩的火鍋加熱後分裝到盤子裡，連同調味料和筷子一起放在托盤上。

為了不讓湯汁濺出，她小心翼翼地走上樓梯，輕敲雄斗的房門。

等了一會兒，卻無人回應。

她再度敲了敲門。

「……」

又等了一會兒，依舊無人回應。

「再敲一次好了。」

小鳥這麼想，旋即再次敲門後——

「……幹嘛啦？」

房內傳來了顯得有些含糊不清的聲音。

他原本就醒著嗎？還是被頻繁的敲門聲吵醒的呢？小鳥心想「如果是後者，感覺很不好意思」，同時開口說道：

「我幫你拿昨天吃剩的火鍋過來。你從昨晚就沒吃東西，應該餓了吧？」

「……」

沒有回應。

但雄斗倒也沒說他不吃。

那就進去試試吧。與其不做而後悔，不如做了再後悔。

「我要進去嘍。」

說完，小鳥便慢慢打開房門。

房裡的雄斗以與昨天相同的姿勢躺在相同的位置。

「請用。」

小鳥將托盤放在他面前。

（……昨天因為房間太暗而看不清楚。不過……）

小鳥環視了房間一圈。

該怎麼說……雄斗的房間毫無生氣可言。

鋪完恐怕就從來沒收過的棉被、偶爾才得以通風的滯悶空氣，以及滿是灰塵的書桌。

這個空間和身在其中的人全都停擺了。

小鳥湧現這種感覺。

「可能會有點冷，但我開個窗戶唷。」

說完，她便起身拉開窗簾和窗戶。

早晨的耀眼陽光和冰冷刺骨卻新鮮的空氣，頓時流入房內。

「……好刺眼。」

小鳥身後傳來這樣的聲音。

回頭一看，只見雄斗慢吞吞地爬出被窩，吃起火鍋。

儘管被一頭亂髮遮住，但他的長相確實跟結城有幾分神似。只是弟弟的氣質較為陰鬱，眼神有些神經質，這一點跟結城大不相同。

「咦？雄斗，沒想到你挺高的耶。」

小鳥看著默默吃飯的雄斗這麼說。

雖然因為駝背盤腿坐著的關係看不太出來，但他的身形似乎滿高大的？

至少比哥哥結城還要高。

「我這種人就像瘦巴巴的排骨。」

雄斗有些輕蔑地說。

他的四肢確實猶如女性般瘦弱。缺乏鍛鍊也是原因之一，但他的骨骼乾瘦，整體來說算是瘦長身形。

「不管怎麼想，都是哥那種精壯身材比較帥氣吧？」

「是啊。別看結城那樣，他的胸膛很厚實呢。」

「……」

「……怎麼了？」

「妳居然用那麼具體的口氣形容哥的胸膛。」

「咦？呃……那個……」

小鳥有些驚慌。

「無所謂。你們在交往，也會做那種事嘛。」

「沒、沒有，真的沒做過！」

頂多只有晚上接吻、一起睡覺而已。

睡覺摟著結城時，她的確會對結城充滿男子氣概的厚實胸膛怦然心動。但她可以對天發誓，自己從未動過歪念。

啊，不過她偶爾會有點得意忘形，用臉磨蹭結城的胸膛啦……

「是嗎？好吧，妳說了算。」

雄斗用完全不相信的眼神看著小鳥，繼續默默吃火鍋。

◇

「……呼。」

雄斗將筷子放在空空如也的盤子上。

「太好了，你有吃完呢。」

小鳥笑著說。

準備火鍋的人是麻子，自己只是幫了點忙而已。然而看到對方將端到面前的食物津津有味地吃完，她依舊覺得很開心。

「嗯，那個……」

吃完飯後，雄斗看著小鳥，有些欲言又止。

「怎麼了？」

「呃，那個……謝謝招待，很好吃。」

他有些害羞地說。

（雄斗居然……）

儘管這樣可能有點失禮，但小鳥略感意外。

小鳥心中對「家裡蹲」的刻板印象，來自於父親看過的電視紀實節目。節目裡的少年對送飯來的父母親非但沒有感激，反而還遷怒在他們身上。

結果怎麼會這樣呢？

雄斗居然很有禮貌地道謝了。

更進一步地說，有人一大早就隨便走進房間打開窗簾和窗戶，他也沒生氣。

簡而言之，他並非那種任性無賴、性格乖僻的人。

不過仔細想想，被麻子和那個傳說中的結城父親養育，性格會出現這種偏差好像也很正常……

（……所以才讓人在意呀。為什麼這種個性的人會像這樣閉門不出呢？）

小鳥不禁動腦思考起來。

這時，她的視線停留在房間一角。

那是一台接著螢幕的遊戲機。

跟結城家裡那台一模一樣。而且放在遊戲機旁邊的卡匣標題，也是小鳥常玩的那款格鬥遊戲。

「！！？雄斗！」

「嗚哇，妳怎麼忽然兩眼發光啊！呃，哥哥的女友小姐？」

「我叫小鳥！但這不是重點！」

小鳥指著遊戲機說：

「貿然請教一下，現在放在遊戲機裡的是那邊的遊戲嗎？」

「咦？嗯，對啊。」

「難道你常常在玩？」

「咦？呃，算是吧……我有在玩線上對戰。」

「……！！？？☆☆☆」

「怎麼笑得這麼燦爛？」

「對戰！來對戰吧！現在馬上，來吧！」

小鳥抓住雄斗的肩膀，用力搖晃。

「好、好啦！我知道了！沒想到小鳥竟然有這樣的一面？」

◇

於是，小鳥和雄斗玩起了對戰型格鬥遊戲……

「贏、贏不了……」

在小鳥旁邊的雄斗如此表示。

「哎呀～好開心啊！」

雖然已經對戰了四個多小時，卻都是小鳥大獲全勝。

「廢話。妳贏成那樣當然開心了……」

「啊……呃，我不是這個意思啦。」

贏了固然覺得開心。但真正讓小鳥感到快樂的是「打了一場精采的比賽」。

她在這款遊戲上投注很多心力，甚至玩壞了兩三支手把。而且還因為玩得太瘋，最近考試成績有點下滑。

因此，她可以在完全不損血的狀況下輕鬆打敗結城和大谷這些身邊的朋友。贏了自然開心，不過單方面輾壓也會讓有趣程度減半。

然而雄斗不愧是……雖然不知道這種形容是否妥當，但他不愧是家裡蹲，平常也很沉迷這款遊戲吧。不但會對她的攻擊採取合理的應對，逮到機會也會狠狠攻過來。

簡單來說，就是一場拉鋸戰。

是以小鳥的情緒也變得越來越亢奮。

「來！再玩一局吧！」

「還要玩啊？」

「當然啊！還要繼續玩！」

儘管臉上的表情有些不情願……

「……好好好，我知道了。」

但雄斗仍說出這句話，並拿起放在地上的手把。

「唉～我連遊戲都打不贏啊……」

這時，他忽然輕聲嘀咕道。

「啊……那個……對不起。」

雖然小鳥因為太開心而忘得一乾二淨，但對雄斗來說，連續輸上好幾個小時應該很無聊吧。

「要玩其他遊戲嗎……」

「不用啦……沒關係，我習慣了。」

「習慣？」

「習慣了」是什麼意思？

原以為是他玩這款遊戲時從沒贏過。但至少跟小鳥對戰之際，他的確有表現出可以輾壓結城他們的實力。玩網路對戰時，理應不可能一路輸到底吧。

「妳要選角色才能開始哦。」

「啊……好，對不起。」

小鳥還在思考，雄斗已經選好下一場對戰要用的角色了。

她連忙選好自己的角色。兩人再度開戰。

「……」

「……」

雙方就這麼默默無言地將心力集中在螢幕上的對戰。

不過……

「……哥他……很厲害吧。」

雄斗忽然開口了。

「運動跟學業……各方面都很強。」

「咦？嗯，我也這麼認為。畢竟祐介很拚命嘛。」

雖然他一點都不精明幹練，卻會默默地埋首苦幹，而且總有一天能看到成果。他就是這種人。

「連這種能努力拚命的個性都超強的。我從以前就一直覺得……」

雄斗盯著對戰畫面繼續說：

「自己完全贏不了哥……」

「……」

聽到他這句話，小鳥沒辦法立刻回應。

對努力又優秀的哥哥產生的自卑心理。由於她沒有兄弟姊妹，無法體會這種心情。

儘管如此，有些遲疑的小鳥依舊決定將心中的疑問直接問出口。

「祐介確實是很厲害的人，但你不必刻意跟他比較呀？去學校上課的話，自然就會有很多競爭者了。」

手足之間一定會有強烈的競爭意識，這點常識小鳥還是知道的。

在這個前提下，難道不能改用這種方式來思考嗎？

「……哈哈哈，看來妳不懂啊。嗯……畢竟小鳥長得漂亮，感覺也很聰明，運動同樣沒差到哪裡去吧，當然不會懂了。」

雄斗露出尷尬的笑容。

「我就連在校成績也是由後面數過來比較快，學業和運動方面都是……不僅如此，我也沒有哥那種想努力爬上來的衝勁。用小鳥也能聽懂的說法，就是『底層』那種人……沒錯，『底層』……」

畫面中，小鳥的角色正好打敗了雄斗的角色。

雄斗又輸了。

他卻沒有一絲懊悔的模樣。

「嗯，所以我根本不在乎。學校……將來……我都不在乎……」

他自虐地笑著說。

「……雄斗。」

看了他的反應，小鳥心想：

原來如此。

自己確實無法體會他的心情。

只因為他是結城的弟弟，小鳥心中便萌生刻板印象，認為「他的表現應該也不俗」。

所以她才會說出「不要光是跟哥哥比較」這種誤判情勢的話。

即使跟同世代相比，雄斗依舊「沒有勝算」。

在各方面都是如此。

因此他才會像這樣閉門不出，對任何事都提不起勁。

「……這樣啊。你一定很難受吧？」

聽小鳥這麼說，雄斗忽然面有慍色。

「我剛才也說了吧，妳這種人根本不懂我的心情。」

「對不起，我只是覺得，心中越來越沒希望的感覺很辛苦……」

「……」

小鳥這句話，讓他有些驚訝地瞪大眼睛。

他老是把「不在乎」這句話掛在嘴邊。

一定是因為「對自己越來越沒有期待」吧。

起初雖然仍抱持一絲希望，但經歷過無數次失敗後，便會漸漸從一開始就不對自己寄予期望了。

這種感覺非常難受，小鳥有切身體會。

一旦失去希望，人就會陷入絕望。

畢竟知道自己沒辦法取代母親的地位時，小鳥也曾絕望地踏上輕生一途。

「雄斗……」

她將手把放在地上，重新看向雄斗。

「嗯？怎麼了？」

「我覺得你『不能不在乎』。」

接著以嚴肅的嗓音如此說道。

「咦？」

「我曾經見過失去希望之後的世界，也知道雄斗現在繼續墮落會有什麼後果。」

「幹嘛啊，小鳥？忽然說這種嚴肅的話題。」

雄斗有些驚恐地表示。

然而看了小鳥的眼神，他發現這些話是她的肺腑之言。

「……那裡會有什麼？」

「什麼也沒有。」

那個雨天的心情鮮明地浮上小鳥心頭。她斬釘截鐵地說：

「你知道嗎？人類在失去一切，發現只剩下自己後，會連自己的存在都想抹除。」

「……」

「所以……至少我覺得，你不能再繼續墮落下去。」

小鳥直盯著雄斗的雙眼這麼說。

「……！」

他別開目光。

「妳說我不能繼續墮落……那我該怎麼做？」

「這個嘛……」

小鳥稍微思考了一會兒。

這時，房裡的時鐘映入她的眼簾。

遊戲玩得太久，已經中午了。

「那你先離開房間，跟大家一起吃午飯吧？」

「……咦？就這樣？」

「嗯。」

「呃，這樣也不會有任何改變吧……」

「會改變的。這樣你不就能走出房間，恢復正常生活了嗎？」

「也只是這樣而已啊。」

「不管是多大的計畫，都要先從小小的改變開始。」

小鳥站起身，牽起他的手。

「來，我們走吧，雄斗。」

◇

當小鳥牽著雄斗的手來到客廳時，結城和麻子正好在吃午餐的炒麵。

「哦，小鳥，我們先吃了……呃。」

結城轉頭看了過來。

「……雄斗。」

「……」

雄斗默默地將朝向結城的臉別開。

「呵呵……他今天好像想跟我們一起吃午餐呢。對吧，雄斗？」

雄斗點點頭。

「哎呀哎呀！那就得把雄斗的炒麵也拿過來了！」

麻子以超級明顯的愉悅口氣如此表示，自暖桌起身走向廚房。

「……」

「……」

留在現場的結城和雄斗不發一語地愣在原地。

「來，雄斗，一直站著會感冒喔。」

說完，小鳥率先鑽進暖桌裡。

「……啊，嗯。」

雄斗也有樣學樣地把腳放進暖桌。

「欸，雄斗……」

結城開了口。

「……哥，幹嘛？」

「就是……那個……你比我想像中還要有精神耶。」

「嗯……是啊。哥也是老樣子。」

「……這倒是。」

「……」

「……」

結果又跟剛才一樣，結城和雄斗再度陷入沉默。

（……他們的互動好尷尬啊。）

小鳥看著兩人，不禁露出一抹苦笑。

結城非常關心雄斗，之前也說過「想一起玩傳接球」。由雄斗描述結城時的口氣也能感覺到，儘管對結城有些不滿，但他同時也覺得對方是值得尊敬的兄長。

他們一定不討厭彼此，卻總顯得有些疏遠。

（……這也是一種手足的形式吧。）

獨生女小鳥如是想。

此時此刻，唯有電視節目裡的搞笑藝人以誇張反應介紹耶誕節商品的聲響，迴盪在沉默之中。

◇

吃完午餐後，雄斗又想回房間去了。

久違地離開房間和別人說話，可能讓他有點累了。

（可是……）

小鳥心想。

難得都走出房間了，是不是再努力一點比較好呢？

於是——

「雄斗。」

她叫住走上樓梯的他。

「待會兒要不要去外面散步？」

「……咦～」

「一臉嫌棄的樣子啊……」

「叫哥陪妳去不就好了？」

「祐介等等好像要跟麻子阿姨去市民中心幫忙自治會的事。」

「……是哦？」

「嗯。」

小鳥並沒有說謊。

結城和麻子待會兒確實要去幫忙自治會的事。

雖然原本也要跟結城一起去，但眼下小鳥依舊十分擔心雄斗。

她對仍在客廳的結城使了個眼色。

「……」

結城默默點頭。

眼神彷彿表示「弟弟就拜託妳了」。

「嗯……那好吧……畢竟女孩子單獨走在不熟悉的路上也很危險。」

「呵呵，謝謝你。」

◇

小鳥在有些積雪的鄉間小路上緩緩走著。

「這裡真是個好地方呢。景色優美，空氣也很清新。」

「但是什麼也沒有。」

在後頭跟她離了幾步之遠的雄斗如此說道。

「不是有大自然嗎？」

小鳥直率地說。

平常住的地方雖然不算大都市，但在縣內也稱得上是發展不錯的區域。

儘管同樣有自然景觀，跟這裡的壯闊大自然卻根本沒得比。

「可是城鎮裡有琳琅滿目的店家，生活機能方便，也有很多娛樂場所吧？」

「嗯～因為我很少出去外面玩……幾乎都在家裡打電動。」

「哥的女朋友……有點怪耶……」

「最近常聽別人這麼說。」

雖然在之前那間女校沒幾個可以聊天的對象，但在現在這間學校，她也被大谷和吉田這些朋友說過「妳好奇怪」。

以及「妳也太無欲無求了」。

跟同年代的學生相比，確實是這樣沒錯。

然而小鳥身邊還有更嚴以律己的人，所以她覺得自己還差得遠呢。最近經常發生明明該寫作業，她卻依舊沉迷於遊戲的狀況……得注意點才行。

邊想邊走了一會兒，她的視線忽然停留在某處。

那是設置在公園裡用來練習投球的牆面。

「哦，居然設置了這種牆面，真是少見。」

基於安全考量，城鎮的公園遊樂設施比小鳥兒時少了很多。

因為擔心球投出去太危險，很多地方都不再設置練習投球的牆面了。

「怎麼，小鳥以前練過壘球嗎？」

「……不，我沒練過，但跟棒球倒是有點緣分。對了，我還跟結城玩過傳接球呢。」

「是喔？你們感情真好……」

雄斗的態度宛如對別人的幸福不感興趣似的。小鳥不禁苦笑。

「雄斗，你小時候也像結城那樣跟爸爸練過棒球嗎？」

「咦？啊……嗯。」

雄斗輕輕抓了抓頭髮。

「……沒幾次，真的沒幾次。我曾在爸爸的注視下，在那面牆練過幾次投球。」

「是喔？」

她有點意外。

因為聽說過結城的爸爸是如何養育他的，因此小鳥以為雄斗一定也經歷過被狠狠操練的時期。

她這麼心想並走進公園裡，發現有顆軟式棒球掉在牆邊。

是有人忘了帶走嗎？

「借用一下。」

小鳥撿起球，站在牆邊。

「嘿。」

並把球丟了出去。

只見球緩緩描繪出拋物線，精準地打在牆上畫的好球帶正中央。

她隨即彎下身，撿起滾回腳邊的球。

「太棒了，是好球。」

說完，她望向雄斗。

「……小鳥，妳真的沒練過嗎？」

「咦？為什麼這麼問？」

「呃，妳投球的姿勢很標準啊，控球技術也很好。」

「是嗎？結城以前也說過這種話耶。」

「嗯，這樣妳還說沒練過棒球，根本是詐欺吧。」

「是這樣嗎……」

兒時的她常跟媽媽一起看爸爸練習，所以不知不覺也學會了一些棒球的動作。

而且，若真要從運動和課業中擇一，小鳥對運動比較擅長。她只是覺得自己該維持好成績，因此在現在這間學校也名列前茅。但其實她對課業的理解力並不算快。

再加上結城也掛保證，說不定她真的有遺傳到爸爸的運動神經和棒球天分。

但她爸爸從小學就在學校的賽跑、球類運動、游泳等各種項目中獨占鰲頭。明明不是田徑隊，國中時在短跑項目代打上場，竟然奪得全國大賽第三名——爸爸曾在晚上小酌時聊過這種很有職棒選手風格的怪物經歷，所以要說是百分百遺傳嗎？那倒也未必……

（感覺有點開心……又有點複雜……）

事到如今，她早已不恨爸爸，也希望他能早日出獄。但心中仍有很多糾葛。

「……」

小鳥發現雄斗看著自己。

視線停留在她手上拿的棒球。

「啊，雄斗，你也要投嗎？」

「咦？」

「以前練過棒球的人，一拿到類似球和球棒的東西，就會忍不住想做出棒球的動作吧？之前結城會拿著廚房的湯杓練習揮棒呢。」

記得當時那一幕太可愛了，小鳥還忍不住笑出來。

「來，拿去。」

小鳥將棒球遞過去。

「……不用了。」

雄斗這麼說著，將視線自棒球上移開。

「不用嗎？」

「嗯，我也不太喜歡棒球……」

「這樣啊……」

但總覺得他剛才明明直盯著棒球看。

「我很想看看結城的弟弟會用什麼方式投球呢。」

「是哦？」

「嗯。這是出於我個人的好奇心啦，想知道兄弟是不是很像。」

「……」

雄斗沉默了一陣，隨即接過棒球。

「那個……你不必勉強喔？」

「投個球沒差啦。但我的技術很爛。」

說完，雄斗將手高高舉起。

他的身高和四肢都有修長的優勢，感覺魄力十足……

結果丟出的球「咚」的一聲，疲軟無力地打在離靶心相當遠的地方。

「……呃。」

球速超慢，控球技術也很糟。在高舉手臂之前的動作都還好，然而實際扔出球後，就變成僵硬至極的難看模樣。

「我就說吧……我真的很爛。妳還露出那種事與願違的表情，看了就煩躁。」

「呃……對不起。」

「我……出生的時候有心臟病。」

雄斗撿起滾到遠處的棒球並這麼說。

「老爸起初也說過『讓身體動一動，鍛鍊好體力就行了！』這種傻話，逼我練習棒球。結果我在某次練習中昏倒了。」

「咦！你現在還好吧？」

小鳥有些驚慌。

因為她直接把雄斗帶出門，還讓他做投球這種會加快心跳的運動。

「沒事，我的心臟病在手術後已經痊癒了……但在那之後，老爸就再也不讓我練習了，整天都只跟哥一起練習。老爸看我應該也覺得『這小子撐不住』吧。」

「雄斗……」

「別露出那種表情啦。畢竟我不用像哥那樣一整天都被逼著練球。雖然對自己的老爸說這種話有點過分，但那種程度根本就是虐待嘛。我可以隨心所欲地耍廢、打電動，很幸運耶。」

雄斗看著手上的棒球這麼說。

「……老爸願意放棄我，我真的很幸運。」

雄斗說話時，臉上露出一抹淡淡的笑容。

（真的感到慶幸的人，才不會露出那種表情……）

小鳥思考了一會兒。

「吶，雄斗。」

「嗯？」

「你的心臟真的治好了嗎？」

「嗯。上國中之前我做了手術，已經完全康復了……應該啦。」

「那要不要稍微練習一下？」

「咦？」

「你現在可以大量運動了吧？那就練一下投球，直到你投進好球帶為止。我會在旁邊盯著。」

「咦～幹嘛啊？」

「我覺得你只是因為練習中斷才投不好。只要稍加練習，應該能慢慢進步。」

聽小鳥這麼說，雄斗便悶悶不樂地——

「不可能啦，我又沒有才能……」

說了這種話。

聞言，小鳥直盯著他的雙眼。

「我覺得你會進步。」

同時斬釘截鐵地這麼說。

「……」

「雄斗，我覺得你有練習就會進步。」

「……」

雄斗看著她的眼睛，杵在原地愣了一會兒。

「……好啦，我試試看。」

說完，他隨即拿著球站在牆前。

「加油喔。」

小鳥面帶微笑地說。

如此這般，雄斗展開了投球練習。

他的投球方式果然相當生硬。

球速當然很慢，也投不進好球帶。

其實不只是棒球，他同樣很久沒運動了，因此動作非常僵硬。

更慘的是，長年閉門不出的生活和心臟病的影響，他幾乎不曾盡情活動過，因此馬上就氣喘吁吁。

練了十分鐘後，他已經上氣不接下氣，連小鳥看了都不禁緊張起來。

「……你還好嗎？」

她憂心忡忡地問。

可是……

「呼、呼……不行，我果然……」

雄斗話才說到一半——

「……不對。」

又輕輕搖搖頭。

「……我想再試一下。」

「……這樣啊。」

小鳥用帶在身上的毛巾為雄斗擦汗，並說：

「你果然是男子漢呢，很帥氣喔。」

「……什麼啦？」

他頂著有些羞紅的臉龐，再次展開投球訓練。

後來又過了一小時。

「呼……呼……呼……」

他已經完全喘不過氣來了。

光是站都站不穩。

投了這麼多次，卻都投不進好球帶。

然而不知是漸漸習慣，還是找回了以前的感覺，球速已經慢慢提升到不錯的水準。

「……一球就好了，讓我投進好球帶。」

小鳥默默地看著他的身影。

平常沒在運動的人練了整整一小時的投球，想必已精疲力盡。

再繼續下去，就算當場昏倒也不足為奇。

但她依舊在一旁默默地看著。

因為她相信雄斗能成功。

「……」

雄斗抬起一隻腳準備投球，卻因為疲累而站不穩。

他想盡辦法努力忍住快昏倒的感覺，踏出了一步。

說不定這樣反而是件好事。

透過自然放鬆的重心移動扔出去的球雖然飛到完全不同的方向，球速和轉速卻都進步許多，狀況好得跟之前完全不能相提並論。

「！」

雄斗似乎發現了什麼，瞪大雙眼看向小鳥。

她默默地點頭。

他立刻把球撿回來，又投了一次。

跟剛才一樣的高轉速球，直接被吸進好球帶。

砰！

並發出第一球無法比擬的巨響。

「……成功了。」

他帶著滿面笑容看著小鳥。

「看到剛剛那一球了嗎？」

他打從心底開心的模樣，讓小鳥也忍不住高興起來。

「看到了！投得真好！」

她對他比了個大姆指。

「……原來我也能成功啊。」

雄斗小聲說道。

接著，他再次看向小鳥。

「那個……謝謝妳……」

隨即又移開視線，有些含糊不清地說。

「呵呵。」

小鳥以手掩口，笑了起來。

「努力的是你呀，很帥氣喔。」

她摸摸雄斗的頭。

儘管他身形高大，要摸有點費勁，但小鳥仍想摸摸他的頭。

「嗯……你很努力呢。」

「……我又不是小孩子。」

「好歹我也是姊姊喔？」

「……」

雄斗將頭往旁邊挪，似乎想躲開她的手。

或許是激烈運動過的關係，他的臉都漲紅了。

◇

當天晚上——

「祐介他們還沒回來耶……」

在廚房煮味噌湯的小鳥輕聲嘀咕道。

儘管她有傳訊息問結城「還沒結束嗎？」但他尚未回覆。

話雖如此，結城跟小鳥平常也不會隨時查看訊息，所以這很正常。

因此小鳥決定用冰箱裡的蔬菜，至少先做一道晚餐的菜色。她把調味放重一點，如此一來同樣能當成配菜吃。即使兩人在自治會吃過晚餐，味噌湯也能存放一段時間。

「……嗯，大概是這種感覺吧。好吃。」

由於蔬菜很新鮮，沒下什麼工夫依舊能帶出食材本身的味道，變化成香醇的風味。

雖然雄斗說「這裡什麼也沒有」，小鳥卻依舊覺得這裡是個好地方。

她原本就不喜歡都市的擁擠。結城將來的夢想是到醫療資源不足的地區行醫，如果是這種地方，小鳥也舉雙手贊成。

準備將剩下的蔬菜放回冰箱之際，小鳥的目光瞥向貼在冰箱上的月曆。

「啊，這麼說來，今天是耶誕節啊……」

很多同齡女孩都把耶誕節當成特別的日子，但她實在沒什麼感覺。

她原本就對紀念日不太在乎，再加上媽媽來自思想保守的家庭，比起耶誕節，他們更重視中元與新年。所以說到紀念日，她對這些節日的印象比較深。

順帶一提，由於爸爸忙著練球，他們根本不過紀念日。反而只要爸爸有機會回家，他們便會舉家到外面吃飯，還會買禮物送給小鳥，彷彿回家的日子才是紀念日。

因此，這也是小鳥的「奇特之處」。

別人總說她無欲無求，然而事實並非如此。其實無論是不是紀念日，她都希望對方能津津有味地品嚐她親手做的料理，這會讓她開心得不得了。

即使雄斗都窩在房間不出來一起吃飯，麻子依舊毫不在意地天天為他做飯，小鳥真心感到佩服。換作是自己，可能會悲傷到不想煮飯了吧。

因此，為了看到結城和麻子在自己面前吃飯的樣子，小鳥決定今天不管多晚都要等他們回來。

「先去問雄斗要不要先吃好了。」

可以的話，小鳥希望雄斗晚餐也能和家人一起吃。但他今天已經這麼努力了，就別太嚴格吧。而且，聽說這個年紀的男孩子很快就會肚子餓。

小鳥關上爐火，用毛巾擦完手後準備走向二樓。

當她正好走到玄關前時——

有些老舊的門發出「喀啦喀啦」的聲音。

「呼～哎唷，累死了。啊，我們回來嘍，小鳥。」

原來是麻子和結城回來了。

「嗯～？」

麻子動動鼻子聞了聞。

「怎麼有香味？」

「啊，我擅作主張煮了味噌湯給你們，肚子餓的話就喝一碗吧。」

「哎呀哎呀哎呀，妳這孩子真的很機靈呢！」

麻子雙手捧著臉，露出雀躍無比的笑容這麼說。

「自治會那邊只招待了茶水，所以我快餓死了。我再簡單做一道菜就趕快開動吧！」

說完，麻子快步走進廚房。

「好有活力啊……」

小鳥真心感到佩服。

明明比自己大了二十歲左右，卻能像孩子一樣開心。

她不禁心想：要是能跟這種人待在一起，應該每天都會很愉快吧。

「……謝謝妳，小鳥。」

結城站在玄關前這麼說。

「結城，也歡迎你回來。」

聽小鳥這麼說，他同樣「嗯」地點點頭。

「……咦？你不進來嗎？」

小鳥這麼問。

結城依然站在玄關前，而且沒打算脫鞋。

「嗯，有點事。小鳥……吃完飯後要不要去外面散散步？今天沒什麼機會跟妳獨處嘛。」

◇

晚餐後——

「好棒喔。四周一片漆黑，星星看得好清楚！」

來到外面後，小鳥仰望星空這麼說。

「畢竟這附近的光害沒有城鎮那麼嚴重……有這麼驚人嗎？」

「是啊，實在太美了。」

對在城鎮出生長大的小鳥來說，這片星空和漆黑的夜路都是新鮮的體驗。

她第一次看到沒有被人工照明遮蔽的真正夜空。星光無比柔和，無論怎麼看都不會厭倦。

但她似乎看得太陶醉了。

她的腳步因為埋在雪下的冰滑了一下。

「啊！」

「喔。」

但在滑倒之前，她就被強壯的手臂緊緊抱住。

同時也聞到結城身上的氣味。儘管混了點汗水，卻讓她非常安心。

「小心點，這裡很暗，地面的狀況看不太清楚。」

「……好，謝謝你。」

親密接觸來得太過突然，小鳥於是心跳微微加快地這麼說。

幸好四下昏暗，現在她可能已經滿臉通紅了。

離開結城的懷抱後，她重新站穩。

「……」

結城默默地看著自己的右手。

「吶，小鳥，妳應該還不熟悉路況吧，要不要牽著我的手走？」

「……咦？」

「嗯，就這麼做吧。」

說完，結城便溫柔地牽起小鳥的手往前走。

為了不落在後頭，小鳥也邁開步伐。

結城的手非常溫暖。

是平常那雙骨節分明的溫暖大手。

兩人十指緊扣，漫步在夜晚的小路上。

「……」

明明每晚都會牽手，小鳥卻覺得害羞極了，始終不發一語。

她望向結城。

「……」

結城似乎同樣害羞地默不作聲。

雖然光線昏暗而看不清楚，但他的臉應該也跟自己一樣羞紅。

小鳥覺得這樣的他好可愛。

「……」

「……」

幸福的滋味自緊扣的雙手傳遞而來。兩人體會著這份感覺，又走了一會兒。

結城想走去哪裡呢？抑或只是想漫無目的地隨興散步？小鳥故意不問。

她心想：外面雖然寒冷，但若能繼續體會這份平穩的幸福，那也無所謂。

走了大約二十分鐘後——

「嗯，就是這裡。」

說完，結城停下腳步。

儘管周遭伸手不見五指，很難看出個所以然，但此處似乎是座稍大的設施。

設施前方有停車場和小廣場，還立著一棵樹。

「這裡是本地的市民中心。」

「啊，就是這裡呀？」

是結城他們早上來幫忙的地方。

「在這裡等我一下好嗎？」

語畢，結城便放開原本牽著的手，往建築物走去。

「咦？好。」

結城從身邊離開後，小鳥覺得夜晚的寒氣頓時增強了。

剛剛還牽著的手掌溫度消失無蹤，變得越來越冷。

「……啊，有點寂寞呢。」

這個念頭忽然浮上心頭。

結城只是為了做點什麼而去了趟市民中心。但這短暫的分離，就讓她的心空蕩蕩的。

（平常祐介工作或讀書到很晚還沒回來，我也不會這樣啊……）

或許是因為冬季的深山寒冷刺骨，才會讓她湧現這種感覺吧。

（我好像……變得……有點情緒不穩耶……？）

她試著用之前從大谷那裡聽來的詞彙形容現在的自己。

「祐介……拜託你早點回來……」

當她說出這句話時——

四周忽然變得明亮起來。

「咦！」

小鳥忍不住驚呼。

矗立在市民中心廣場的那棵樹被點亮了。

五彩繽紛的燈飾亮了起來，將夜晚照得光彩明亮。

最上面則是星星的裝飾。

這是……

「今年自治會似乎要裝飾耶誕樹。」

結城回來了。

「因此我拜託會長，今天借給我一個晚上。」

他手上拿著鑰匙。那是市民中心設施的鑰匙吧？

「為什麼……？」

「還問為什麼？當然是想跟小鳥一起欣賞啊。雖然早了兩天，但只有今晚能借。」

接著，結城從口袋拿出一個包裝過的小盒子。

「耶誕快樂，小鳥。」

「……」

「這是耶誕禮物……說是這麼說，但裡面是妳平常在用的乳霜啦。」

「……」

小鳥驚訝地張著嘴收下禮物。

「啊～那個……是不是太浮誇了？」

結城搔搔臉頰這麼問。

「祐介……」

剛才雖然看不清楚，但如今在燈光照耀下，能明顯看出他羞紅的臉龐。

這個人……

「嗯？」

「祐介！」

「喔、喔，怎麼了？」

小鳥用力地抱緊結城。

「等等，小鳥！」

這個人……這個人太棒了吧。

好喜歡。

絕對不會離開他。

小鳥用盡全力緊緊抱住結城。

「……妳開心就好。」

結城也抱著小鳥，彷彿要將她溫柔地圈進臂彎。

比自己高大的身體，溫暖地擁著自己。

「喜歡……好喜歡你……真的……」

「我也是。以後也請多多指教嘍，小鳥。」

兩人在耶誕樹的燈光照耀下，感受著彼此的體溫好一陣子。

第三話　雄斗與祐介

隔天——

這天是平安夜。

電視裡和城鎮區的情侶和家族，都不受擁擠的人潮影響，愉快地享受這個神聖的夜晚。

連這個幾乎跟耶誕商業戰無緣的地區，相對年輕的族群也都沉浸在耶誕節的氣氛當中。

此時此刻——

結城的弟弟雄斗一如往常，窩在自己房間打電動。

但有個地方跟平常不太一樣。

居然有女孩子來雄斗的房間玩，而且還是相當符合「美女姊姊」這種形容的女孩子。

結城雄斗這個男人雖然是個家裡蹲，機會到手也是會勇敢出擊的。

……雖然想這麼說，但其實根本不是讓人春心蕩漾的情境。

「真～～的很誇張耶！結城跟那個女的都沒把我放在眼裡！」

「……大坂，請妳不要特地跑來我房間抱怨好嗎？」

沒錯，來雄斗房間的女孩正是大坂奈央子。

「我才不管呢。像你這種家裡蹲，能跟我這種美女共處一室，就該謝天謝地了。」

「……妳好像沒有可以吐苦水的朋友啊。」

「嗯？你說什麼？」

「不，我什麼也沒說，嗯。」

反正說再多也是枉然。

兩家本來就住得近，而且大坂每次都是想跟結城聊天才來的，卻都怕到說不上話，所以改由雄斗聆聽。於是不知不覺中，兩人便變成了這樣的關係。

雄斗也只是在遊戲空檔順便聽聽而已，聽幾句是無所謂，但大坂每次來抱怨都會超過一個小時，雄斗真希望她能放過自己。

今天她似乎累積了不少怨氣，已經埋怨三小時以上了。

真虧她有這麼多怨言可說啊──雄斗的心情反而從難受轉為佩服。

「對了，結城跟那個女的不在家嗎？」

「對啊，在大坂來之前，他們就甜甜蜜蜜地牽著手出門了。哥說要帶小鳥去附近逛逛。」

「什麼嘛！難不成是耶誕約會嗎！」

「不用懷疑，就是耶誕約會吧。」

「可惡～！秀什麼恩愛啊，混帳東西！那在平安夜跟這種陰沉家裡蹲抱怨好幾個小時的

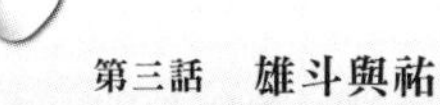

我，不就像個超級魯蛇嗎！」

「呃，從客觀角度來看，妳真的輸得一塌糊塗……還有，妳對我的評語太狠毒了吧？」

不過……嗯，倒也沒說錯就是了……

「氣死我了！氣死我了！氣死我了！說到底，日本慶祝什麼耶誕節啊！又不是基督教徒！不要被商家的廣告牽著鼻子走啦，笨蛋笨蛋！」

「……真虧妳能說出這一長串超級魯蛇的台詞。」

「……呼。」

氣得亂罵一通後，大坂似乎冷靜許多，並嘆了口氣。

「說穿了，到底是出了什麼差錯，那種超級美少女才會跟那小子交往啊……」

「嗯，我也嚇了一大跳。」

雄斗想起昨天被小鳥摸頭的那一刻。

既溫暖又柔軟，還帶著舒服的香氣。

「小鳥真的是美麗又善良的好人……」

「……」

「幹嘛？」

大坂冷冷地盯著他看。

「……怎麼，愛上她了嗎？」

「咦！」

被大坂這麼一說，雄斗的心臟重重跳了一下。

「我、我怎麼……是、是沒錯啦……」

沒想到他把內心所想老老實實地說出口了。

嗯，沒錯。

因為一見到小鳥，心跳就會加速，也很想碰碰那頭亮麗的頭髮和柔軟的身體。而且從昨天開始，他一整天都在想小鳥的事。

像自己這種閉門不出的男人，被這種美女溫柔對待之後，不產生好感反而才奇怪吧。

「嗯……老實說，我很喜歡她。」

「……是嗎？」

大坂沒有嘲諷也沒有譏笑雄斗，只是微微瞇起眼這麼說。

「但她是哥的女朋友……不能這樣……」

沒錯，可惜自己喜歡上的那個人，已經是哥哥的女朋友了。

這段戀情尚未開始就畫下句點了。

「對啊……」

大坂也語帶同情地這麼說。

但她忽然愣了一下。

「……嗯？不，等等，這是個好機會？」

「咦？機會？」

「雄斗！」

「咦？啊，是。」

大坂忽然用雙手抓住雄斗的肩膀，正面直盯著他的臉瞧。

老實說，雄斗不習慣和女生相處，所以此刻慌得六神無主。

「你給我聽好，聽清楚了，結城雄斗。因為是哥哥的女朋友就不能出手？沒有這種事！只是剛好是那傢伙先跟她說上話而已。你應該還是有追求的權利！」

「這、這……聽妳這麼一說，好像真是如此。」

「聽我說，結城雄斗。你不能逃避，要正視這份感情，一鼓作氣往前衝。戀愛這種東西，只要拿出氣勢就能贏。」

「……是嗎？」

「或是你要放棄？要像過去放棄學業、運動和校園生活那樣，放棄這份感情嗎？啊，這份愛慕對你來說果然是可有可無的嘛。」

被她這麼一說，雄斗難得動怒。

「……才沒有！」

雄斗猛地站起身。

看到原本身材就高大的雄斗難得動怒，大坂似乎有些膽怯地渾身一震。

「我對小鳥是真心的，才不是可有可無的心情！」

「……哦？那你要怎麼做？」

「好啊，我來追，我追就是了。我會從哥身邊搶走小鳥給妳看看。」

雄斗握緊拳頭這麼說。

「……好，這樣他們分手以後，我也有機會了。」

「……嗯？妳說什麼？」

「沒、沒什麼。」

◇

隔天早上。

「就是這樣，哥，跟我一決勝負吧！」

雄斗把結城叫到附近的操場上。

對戰項目是棒球。

規則很簡單，雙方輪流當三次投手和打手，由擊球數多的那一方獲勝。

敢向這位哥哥挑戰棒球，雄斗已經抱著必死的決心了。

另一方面，這位哥哥……

「哇～好久沒跟雄斗打棒球了。」

正笑容滿面地做伸展運動。

「祐介、雄斗，你們都要加油喔～」

小鳥則在護欄後方為他們打氣。

今天她的烏黑長髮也被冬天的冷風吹得搖曳生姿，看起來清純又可愛。

啊，好喜歡，我真的好喜歡妳，小鳥。

「喂，要比賽可以，但真的不用讓你嗎？情勢對我太有利了吧。」

哥哥說了這種話。

雄斗氣呼呼地走到結城身邊。

「……沒關係。但如果我贏了，我有想要的東西。」

「哦，你想要什麼？只要不是太貴的都可以。」

看哥哥絲毫不覺得自己會輸的模樣，雄斗說：

「那！如果我贏了，就把小鳥讓給我！」

他大聲宣言道。

「什麼！」

忽然聽到自己的名字，小鳥嚇了一跳。

「哈哈哈！那我可不能輸了呢。」

不知是沒把這話當一回事，還是完全不覺得自己會輸，結城笑得十分猖狂。

（嘖，竟敢小看我……我非贏不可……）

「好，那就開始吧。」

說完，結城便拿著球棒走進右打擊區。

「拜託妳啦，大坂。」

這場比賽由大坂擔任捕手。

她已經確實穿上防具，做好準備了。她的運動神經本來就很強，架式也擺得有模有樣。

「……嗯，請多指教。」

「好，開始吧，放馬過來。」

結城的站姿，感覺只是將球棒前端稍稍舉到偏向本壘板的位置，輕鬆站著而已。

「……呼。」

雄斗站上投手丘。

（……我也不是在毫無勝算的劣勢下提出挑戰的。）

雄斗知道，結城在父親死後就徹底放棄棒球了。

棒球的性質便是用圓弧形球棒高速回擊圓形球體，即使是職棒選手，也要有三成打擊率才算得上是一流選手，是難度相當高的球類競技。

更進一步地說，就算閉著眼睛揮棒剛好打到的球，往前不規則彈跳形成安打，在球場上也不是什麼新鮮事。所以也算是隨機性非常高的球類競技。

因此，既然是這種三球決勝負的短期對戰，縱使雙方實力有差距，多少還是有點勝算。

但前提是必須要求「自己的球能投進好球帶」。

如果全都投出壞球，結城又沒揮棒，他就能保證四壞球上壘了。要從距離十八公尺以上的投手丘將球投進範圍極小的好球帶，對無經驗者來說難如登天。

所以，外行人要靠這個規則取勝，幾乎是不可能的任務。

可是……

（我有投過好球！）

沒錯，前幾天拜小鳥所賜，他已經掌握投出好球的訣竅了。

而且他已經長大，身形高壯許多，手腳也變長了，跟小時候的球速已經不能相比。

（上吧。）

他將手臂高舉過頭。

像是要跌倒般移動重心，並將手臂甩到自己身上那樣。

……用力一投！

（……好，投得不錯！）

扔出球的那一瞬間，雄斗感受到扎實的手感。

如同他感受到的手感，從雄斗手中飛出去的球漂亮地回轉，直接被吸進蹲在好球帶中央偏下位置的大坂的手套裡——

喀鏘！

下一秒卻傳來金屬的尖銳聲響。

「咦？」

只見棒球以子彈般的速度飛過雄斗左側，「喀鏘！」一聲狠狠打在護欄上，中途也沒有落地彈跳。

「哇啊，雄斗，你的球速什麼時候變這麼快？我本來想拉打，結果揮太慢了。」

結城欣喜萬分地這麼說，似乎對弟弟的成長感到開心。

（……居、居然用推打敲出直擊護欄的子彈球……）

這個操場並不大，雖然他用的是金屬球棒，但也不是想打就能打出來的，而且這還是第一球……

「哥，你不是好幾年沒打球了嗎……」

「是啊，但我打工都是做粗活嘛。你看，我的手臂變得比以前練球的時候還要粗。」

說完，結城就將袖子捲起來給他看。那雙手臂確實粗壯，從遠處也能看得清清楚楚。

擊球時的確非常需要前臂的力量，但也太誇張了吧。

「做過好幾次的事，果然不會這麼輕易就忘記呢。」

結城轉著球棒，有些感慨地如此低語。

「好，總之先拿下一局了。攻守交換吧。」

「……喔，好。」

雄斗從結城手中接過球棒，並將手套和棒球交給他。

（……是啊，我早該知道的。）

走向打擊區的雄斗，如今才想起這件事。

（這幾年哥的確完全不碰棒球了，可是……他以前可是花了好幾倍的時間在練球。）

而且雄斗都在一旁親眼見證過啊。

自己在打電動的時候，或是稍有不如意就煩得要命的時候，結城都在跟父親練習揮棒和投球。

所以，就算他的技術不如以前精湛……

「好，我要投嘍，雄斗～」

結城相當自然地擺出投球姿勢。

隨後——

咻！

「嗚哇啊！」

球以驚人的速度飛了過來，隨著破風聲投出了內角偏高的擦邊好球。

由於球速太快，大坂沒能接住，於是球直接彈出手套，「喀鏘」一聲打上後方的防護網。

「剛才那個勉強算是好球吧？哎呀，落點不錯嘛。一好球！」

結城的語氣依舊非常開心。

……沒錯。

結城現在的實力已經比以前遜色不少了。

然而……儘管如此……

（卻還是……遠遠凌駕在我之上啊……）

◇

「……呼、呼、呼……」

雄斗直接在操場上仰天倒地。

快不能呼吸了。

本想努力試試看，但結果一事無成。

三球決勝負的這場比賽，當然是結城獲勝。

由於雄斗提議再戰，他們總共比了五場。雖然都採取三球決勝負的規則，但雄斗完全打

不過結城。

雄斗的球棒根本碰不到結城的球。

但雄斗投的每一球都被結城打了回來。還是有幾球沒打好，或許就是結城技巧生疏的證據吧。

只是雄斗完全打不到結城投的球，所以毫無意義可言。

面對結城的最後一球，雄斗索性在錯誤的時間點隨便一揮，轉了一圈後難堪地倒了下來，就變成此刻的模樣。

「喔喔，揮得不錯！感覺很痛快耶。」

結城開心地對雄斗這記揮棒落空大力稱讚。

而且臉不紅氣不喘的。

結城走向雄斗，從上方俯視著雄斗的臉。

「哎呀，好久沒打球了，真的很好玩耶。下次再來打一場吧？」

「……」

「雄斗？」

「……不要，我不想玩了。」

「這樣啊。嗯，我真的很開心。只要雄斗願意，以後可以再找我玩。」

說完，結城就離開操場了。

「那個……雄斗，你還好嗎？有沒有受傷？」

小鳥在護欄外擔心地問道。

「……我沒事，只是有點累。」

「是嗎？那就好。」

說完，小鳥便追在結城身後，兩人甜甜蜜蜜地並肩離開操場了。

「……」

被留在原地的雄斗依舊仰躺在地，抬頭看著天空。

「……有夠慘。」

拿下面罩的大坂從上往下盯著他的臉。

「而且我真沒想到你敢找結城單挑棒球，太亂來了吧。」

「……是啊，我也很清楚。」

雄斗仰面朝天地說。

「我什麼都贏不了哥……小鳥也沒有理由喜歡我而不喜歡哥……」

「嗯，確實是這樣沒錯啦。」

大坂毫不留情地肯定他的說法。

「那……你要怎麼辦？」

「……我還能怎麼辦？根本無能為力啊。」

「不會不甘心嗎？」

「還好……因為我從一開始就猜到結局了……」

大坂皺緊眉頭說：

「什麼啊……你真的很失敗耶。不對，是我慫恿你的……抱歉。」

說完，大坂也離開操場了。

「……」

獨自被留下的雄斗再度仰望天空。

剛才一直都是晴天，現在卻開始轉陰了。

氣溫也很低，說不定今天會下雪呢。

◇

玩手機遊戲時的「嗶嗶」電子音迴盪在房間裡。

此時已經入夜，外面下起了雪。

完美的白色耶誕夜。

雄斗則身處昏暗的房間，躺在被窩裡打遊戲。

不是因為遊戲本身好玩才玩的，只是因為這樣可以不用思考太多事情，得以逃避現實。

贏不了哥哥，喜歡的人對自己沒興趣，一無是處，沒辦法去學校上課，再墮落下去根本沒有前途可言，還有昨天和今天運動後痛到讓他哭天喊地的肌肉痠痛……

這一切的一切，都可以不用思考。

（……如果、如果能永遠維持這種狀態就好了。）

就像這樣，聽著玩手機遊戲的聲音。

不斷聽著。

這樣就好，繼續聽，一直聽下去。

但瞥見放在螢幕前的家用型主機後，他忽然想起一件事。

（啊，這麼說來，我連遊戲都打不過小鳥。）

「……唔唔。」

一思及此，他就對玩遊戲這件事感到厭煩，並關閉程式。

他將手機扔出去，仰躺在棉被上。

映入眼簾的是有些老舊的天花板，和垂降而下的電燈拉繩。

這般平凡至極，毫無樂趣可言的景象。

「……」

此刻只剩「滴答滴答」的微弱鬧鐘聲，取代了方才玩手遊的電子音。

雄斗一直盯著天花板。

任憑時間流逝。

就算他什麼也不做，時鐘依舊滴答作響，時間也會慢慢溜走。

時間將自己拋在後頭，毫不留情地繼續向前走。

未來也是如此。

然後……

「……真不甘心。」

雄斗無意識地將這句話脫口而出。

◇

雄斗這輩子的第一個記憶，是在六歲那一年。

那天，雄斗終於也正式投入棒球練習了。

在媽媽的陪伴下，他跟爸爸一起練習，哥哥當然也在。

「總之先用力投球吧，雄斗！」

被爸爸宏亮的聲音這麼一喊，雄斗便往牆面投球。

投了一會兒，疲勞感逐漸累積，氣息也變得紊亂，但爸爸自然不會因為這點小事輕易放過他。

「不夠不夠，總之先以量取勝。來，繼續投，給我拚命投！」

「……呼、呼……」

雄斗上氣不接下氣。

但他依舊繼續投球。

結果……

事發突然。

他的胸口忽然像被揪緊般傳來劇痛。

「唔！」

雄斗當場蹲坐下來。

父母急忙跑了過來。

之後他被救護車送進醫院，並檢查出先天性心臟病。

在那之後，家人對待雄斗的態度就變了。

「祐介！去練習了！」

爸爸準備帶哥哥去練習。

「幹嘛啦，臭老爸，我還在看電視耶……」

哥哥嘴上這麼說著，一臉不情願地開始準備。

「……爸爸。」

「嗯？啊……是雄斗啊。對了，別勉強自己喔。」

「……嗯。」

「喂！你要磨蹭到什麼時候啊，祐介！」

「我在綁鞋帶了！不要一直罵啦！」

「……」

雄斗目送著像在吵架般互相對嗆，準備出門練習的兩人離開。

自己已經沒辦法運動了。但運動對將來也沒什麼幫助。

他總這麼想。

「平均以下……」

國中第一次考試的名次，從後面數過來比較快。

「哎唷，我都沒在念書，只考到平均分數而已。」

他聽到同學們這麼說。

「……算了，至少比哥哥好。」

整天都在打棒球的哥哥，成績實在慘不忍睹。要是連他都贏不了，那就糟糕了。

可是……

「咦？哥，你拿到私立學校的B級優待生資格了？」

雄斗國二那年，爸爸過世了。放棄棒球後開始埋頭苦讀的哥哥，成績突飛猛進，簡直判若兩人。

「對啊，大概是我這輩子最用功的一次吧。」

哥哥理所當然地這麼說。

「……哥，你太狡猾了吧。」

隔天的體育課。

「來，準備計時嘍～」

這堂課要測試跑馬拉松的時間。

「結城，麻煩你記錄時間喔。」

「……好。」

生病的雄斗自然只有旁觀的份。

入學以來，從未改變。

聽到老師的哨聲後，同學們往前狂奔。

踏著輕快的腳步，還不時哈哈大笑。

「唔……！」

「啊，結城！你在幹嘛！」

雄斗也忍不住跑了出去。

他衝進同學們奔跑的跑道上，揮舞手臂、抬起雙腳往前跑。

（看吧，我沒事了。）

「……我……可以跑了。」

這時，胸口忽然隱隱作痛。

「……唔！」

他直接跌倒，當場蹲坐在地。

體育老師連忙跑來。

「結城！你怎麼這麼亂來啊！喂，快去叫校醫過來！」

（……啊。）

雄斗摀著胸口，蹲在地上心想：

（我果然……還是這麼沒用……）

從此之後，雄斗就不去學校上課了。

整天關在不開燈的房間裡玩遊戲。

這樣就好。

只要閉上眼摀住耳朵，一直關在這個小小的房間裡……就不會受到任何傷害了。

◇

「……啊。」

雄斗仰望著天花板，淚水從他眼中滑落而下。

「可惡……好悲慘……我真沒用……」

他用袖子抹去眼淚。

「不甘心……是啊，我不甘心……樣樣皆輸，一事無成，當然會不甘心了……」

不管再怎麼擦，眼眸深處總會溢出滾燙的淚水。

雄斗就這樣哭了好一會兒。

一直哭個不停，把眼睛都哭腫了。

直到哭得有點累，眼淚也流乾之後，他又把剛才扔出去的手機拿回手中，傳訊息給大坂。

◇

隔天早上。

「……所以呢？現在這麼早，而且又是寶貴的寒假期間，你把我叫出來做什麼？」

雄斗把大坂叫到離家有段距離的操場。

大坂不習慣早起，不滿之情全寫在臉上。

但雄斗現在管不了這麼多了。

「我……想贏過哥。」

雄斗說了這句話。

「哦？」

大坂顯得有些意外。

「但你昨天應該感受到實力差距了吧？」

「是啊，因此我也要變強。只是不知道該從何下手，才想請大坂教教我。」

「……有這份心是不錯啦，然而你會找上我，表示你已經做好覺悟了吧？」

「我知道。我反而覺得就該找跟哥一樣自律的大坂來教我，否則永遠都贏不了。」

「應該會是一場苦戰喔？而且離結城回去剩不到兩週時間了吧？練了也不知道會不會

贏。」

「我還是要試試看！」

雄斗難得提高音量喊道：

「不做任何嘗試就宣告結束的心情，我已經受夠了。我想對自己有點信心！」

「……是嗎？」

大坂似乎明白他的心情，閉上眼睛點點頭。

「我知道了。你的心臟已經沒問題了吧？」

「嗯，聽說手術很成功。之前打棒球的時候也沒事。」

「哎……真拿你沒辦法。」

大坂嘆了口氣，繼續說道：

「就由我來親自鍛鍊你。給我痛哭流涕，感激地渾身顫抖吧！」

大坂傲慢地盤起手臂這麼說。

◇

「一、二、三、四、一、二、三、四……來，給我喊！再大聲一點，速度快一點！」

「呼……一、一、二、三……四……」

於是雄斗馬上跟大坂展開訓練。

內容是邊喊邊跟上大坂跑步的速度。

但過程非常辛苦。

「連我這個女孩子都跟不上，你還要練什麼！」

「咿、咿……跟我說這些……也沒用啊……」

「來，不准偷懶，口令喊起來！邊喊邊跑有助於強化心肺功能喔。」

「好、好……一、二……三、三……四！」

男孩子的體能確實高於平均值，但大坂的田徑實力可是全國等級。再說，雄斗還是缺乏運動的家裡蹲。

光要追上她就已經相當吃力，每次喊口令，雄斗都覺得快把早餐吐出來了。

「喂！再大聲一點！要喊到那座山都聽見為止！」

起初有些不情願的大坂，展開訓練後也變得幹勁十足了。

◇

「……好，結束。」

在雄斗差點失去意識之前，大坂終於停下腳步。

「……哈、哈、咳、咳咳！」

一停下來，雄斗便直接跪倒在地。

中途開始就忘記跑到第幾圈了，但這是他有生以來第一次跑這麼久。

「要、要死了。明天也得這樣跑嗎……？」

「是啊，每天都要跑。」

「嗚呃……」

雄斗口中發出類似哀嚎的聲音。

「不過……也是啦。不做到這種程度就沒戲唱了……」

畢竟對手可是那個哥哥。

「嗯，我不能認輸……」

「看來你有自覺嘛。眼神不錯喔，雄斗。」

「大坂……」

仔細想想，這似乎是大坂第一次稱讚他。

（……怎麼回事，這種感覺……還不錯耶。）

好，明天也繼續加油吧。

當雄斗如此心想之際——

「好，身體也暖完了。準備開始訓練嘍。」

大坂卻拋出這句話。

「……咦？」

「……嗯？你幹嘛一臉呆滯？」

「咦？呃，『暖完了』是什麼意思？」

「就是暖身啊，暖身，準備運動啦。你身體熱起來了吧？」

「何止是熱啊？感覺都燃燒殆盡了……什麼，不是已經結束了嗎！」

「啥！你是白痴嗎？」

大坂用傻眼至極的口氣這麼說。

「這點程度只是小兒科，怎麼可能就這樣結束啊？」

「這種小兒科已經讓我膝蓋發抖了耶……」

「只是發抖而已，又不是站不起來。換句話說，你還游刃有餘吧？」

「……耶穌啊。」

雄斗不是基督教徒，但也忍不住向神之子祈禱。

「再說，體能強化訓練就是逼到完全腿軟之後才算真正開始。聽懂了就趕快站起來！先從體幹開始鍛鍊。來，腹肌訓練兩百下。」

「次數太奇怪了吧！」

「習慣之後就要加到五百喔。」

「噗啊～！」

雄斗這聲莫名其妙的尖叫響徹了冬季的天空。

◇

於是他們展開了地獄般的魔鬼訓練。

腹肌、背肌、深蹲等五花八門的訓練，做了好幾百次（當然不可能連續接著做，所以最後改成一次一次分開做，覺得自己快死了）。

接著移動到河岸邊，用各種姿勢將大石頭拚命丟到各個方向，這也做了好幾百次。

這時候雄斗都已經快昏倒好幾次了，但大坂當然不會妥協。

不知練了幾個小時，可能是中途有休息的關係，雄斗總算撐到了最後。明明一大早就開始，但結束整套訓練後太陽都下山了。

雄斗因為太過感激，眼淚都飆出來了。真希望大坂能再寬容一點。

接著他們轉移陣地，前往神社。

這間神社有一座長長的階梯。雄斗把自己關在房裡之前，常看到體育社團的學生在這座樓梯做衝刺訓練。

大坂當然也是為了訓練才把雄斗帶過來的。

「來，手的動作要再有節奏一點！」

雄斗卻只能用手攀爬這座漫長的石頭階梯。

雙腳已經被大坂帶來的彈力繩緊緊綁住了。

「不對吧……妳一定是搞錯樓梯的使用方法了……！」

「放心吧，我們等等要用樓梯衝刺來收尾喔。」

「我不想知道這種討人厭的情報！」

果不其然，雄斗還爬不到一半——

「……不行，我的手動不了了。」

手臂就已經抖個不停，動作完全停下來了。

雖然雄斗身形消瘦，體重偏輕，但以他現在的體力，根本沒辦法只靠手臂力量挪移自己的身體。

然而大坂依舊不留情面。

「那就休息到你可以動之後再繼續爬，一階一階爬也行，沒有商量的餘地喔。撐下去吧，只要撐到最後，不只是身體，連你的心靈都能變強壯。對你這種沒用的廢物來說，這也是必要的訓練。」

「可惡啊啊啊啊啊啊啊啊啊啊啊啊！妳這頭腦簡單四肢發達的女人！」

「你在罵誰啊！該死的混帳社恐家裡蹲！」

大坂對正在爬樓梯的雄斗狠狠一踢。

「啊啵吧！」

雄斗當然已經沒力氣承受這一踢，悲慘地倒下了。

「我期末考可是全年級第一名！等你毛長齊了再來嗆我吧，底層廢物。」

無論是訓練還是批評，大坂真的都沒在客氣。

訓練的最後一關，就是在樓梯上全力衝刺。

「……呼咻、呼咻……」

從樓梯往上走的雄斗早已滿身瘡痍，完全不能正常呼吸了。

一階一階慢慢走到樓梯最上端後，他就默默地癱倒在地。

「哼……這哪是衝刺啊，根本是慢走吧。」

等他爬上樓梯後，大坂傻眼地這麼說。

「……」

雄斗連對這句話做出反應的精力都沒了，只能默默倒在地上。

「喂，你要躺到什麼時候？準備收操了。」

「……嗚噁。」

被大坂拉起來後，雄斗發出彷彿青蛙被壓扁的聲音。

（……天哪，結束了。）

他終於有真實感了。

但接下來也像地獄一樣慘烈。

「來，腳張開，我要從後面壓你。」

「嗯……痛痛痛痛痛痛！」

「不要硬撐，慢慢吐氣！柔軟度跟肌耐力一樣重要。尤其是你都窩在房間裡，一定渾身硬邦邦的。」

「要斷了、要斷掉了！」

「會這樣說的人都不會斷啦。」

「妳是魔鬼喔！」

「我是美少女。來，以姿勢來說，還可以被美少女的胸部壓著呢。你應該開心地大喊『唔呵～太爽啦！』把疼痛拋到腦後。」

「不要逼我！痛痛痛痛痛痛痛！」

當這場名為「運動後的收操」，實則是全身各處關節被強迫伸展的拷問結束後，今天的訓練才真的是到此結束了。

（……死……這樣會死……）

雄斗蹲在石板地上，如此心想。

連一根手指都動不了。

而且明明一大早就開始，現在都已經是晚上了。

真的一整天都在訓練。

「明天早上我要去社團訓練，你自己練吧。」

「……什麼！明天還要再來一次嗎！」

趴在地上的雄斗，只把臉抬起來看向大坂。

「當然啊。」

「不行不行，沒辦法啦。而且我聽說訓練後不好好休息會有反效果耶！」

「哎，難怪你這麼廢，因為你只會收集對自己有利的情報。」

大坂無奈地聳聳肩。

接著改用嚴肅至級的語氣說：

「……也是有『超強度訓練』這種方法喔。你這種人想在短期之內變強，就得這麼做。」

大坂做著自己的伸展運動，同時說道：

「人類的身體會自動適應當下的環境。你的身體已經適應一整年閉門不出、完全不動的生活，變成『懶散體質』了，所以反而要逼你習慣嚴苛的環境才行，故意虐一虐。」

「……」

「但如果第二天就讓你輕鬆休息，身體便會覺得『維持懶散體質就行了』，因此你得把自己往死裡逼。沒轉變成『戰鬥體質』就會死得很難看——至少要有這種信念。」

（……沒想到她考慮得這麼周全。）

雄斗這麼想。

她還以為大坂是那種「只要努力就好」的拚命三郎。

仔細想想，剛才徒手爬樓梯的時候她也說過，她在段考拿了全年級第一名，所以一點也不傻。

「……好，天色已經完全黑了，回家吧。」

說完，大坂便打算獨自離開神社。

「啊，等一下。」

「幹嘛？」

雄斗對著她的背影說：

「……扛、扛我一下，我站不起來了。」

雄斗的雙腿已經筋疲力盡，即使努力想站，也抖到站不起來了。

「……」

大坂看著他的眼神彷彿寫著「有夠麻煩」四個字。

於是她鑽進樹叢裡頭。

「啊，有了有了。拿去。」

並撿了一根又粗又長的樹枝遞給雄斗。

「咦？」

「拿來當拐杖用啊。拜拜～」

「等等，什麼！」

「你以為難受的時候大家都會對你很好嗎？拋開這種想法吧。」

說完，大坂就快步離開神社了。

雄斗驚訝地目送她的背影離去。

但繼續待在這裡可能會感冒。

「……嗚嗚，魔鬼、惡魔。」

雄斗好不容易靠著樹枝站起來後，便用剛出生的小鹿那種顫抖的腳步，慢慢走回家了。

◇

平安回到家的雄斗，因為不想被麻子、結城或小鳥看到這種癱軟無力的模樣，於是他偷

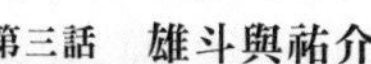

偷淋浴洗完澡，再去廚房把做好的飯拿回房間吃。

吃完飯後，他馬上躺在棉被裡。

「……真、真的好累……」

他絞盡全身力氣這麼說。

「不過……明天還得再來一次啊……」

心情憂鬱到極點。

雖然很不情願，他依舊將手機鬧鐘調到跟今天早上一樣的起床時間。

「哎……」

他嘆了口氣，讓縮在棉被裡的手腳徹底放鬆。

他感受到身體進入休息狀態，彷彿疲勞都融進棉被裡了。

……隨後，他便這麼酣睡如泥地墜入夢鄉。

◇

「好痛啊啊啊啊啊啊啊啊啊啊啊啊啊啊啊啊啊啊啊啊啊！！！」

隔天早上。

鬧鐘還沒響，雄斗就被肌肉痠痛給痛醒了。

天哪，這太誇張了。

昨天早上跟前天早上，他也因為久違的運動引發肌肉痠痛，但這次的程度完全不一樣。

從頭到腳，全身上下無一處不痛。

「啊，可是……今天也得訓練才行……好痛啊啊啊啊啊啊啊啊！」

他本想坐起來，然而起身的瞬間痛楚就竄遍全身，害他又倒回床上。

（……要、要死了。隨便亂動可能真的會死吧？）

完全不行。

今天還是休息吧。反正大坂不在，一個人訓練效率也很差，休息正好。

雄斗這麼想，於是縮起身子準備鑽回被窩。結果……

喀啦！

房門居然打開了。

「喂，我好像聽到很大聲的慘叫耶，你沒事吧！」

急忙衝進房間的人是他的哥哥。

「啊，呃。哥，我沒事啦，只是肌肉有點痠痛……」

「什麼嘛……」

結城鬆了一口氣。

平常很少看到哥哥這副驚慌的模樣，但雄斗明白他如此慌張的理由。

因為爸爸勇次郎就是在下田工作時忽然昏倒，就此撒手人寰。而且第一個發現爸爸昏倒的人正是結城。

他一定是想起當時的狀況了吧。

「不過……肌肉痠痛啊。你是兩天前運動耶，結果今天才開始痛，好像中年大叔喔。」

「……對啊。」

雄斗沒跟結城，應該說沒跟全家人說自己跟大坂在訓練的事。

「那個，不要太勉強自己喔。」

哥哥用溫柔的嗓音這麼說。

「……」

聽到這句話，雄斗心想：

（……不要……太勉強……）

被診斷出心臟病後，他就經常聽見這句話。

聽了無數次。

「哥……」

「嗯？」

「你是會勉強自己的人吧？」

「對啊，這我無法否認，小鳥也都這麼說。」

結城搔搔頭說道。

「……但你不必學我啊。我覺得每個人都有適合自己的步調。」

接著，結城轉過身。

「總之你好像沒事，那就好。今天好好休息吧。」

留下一句「打擾了」之後，結城就離開房間了。

「……不必學我……適合自己的步調……嗎……」

雄斗自言自語地重複著結城剛才說的話。

「什麼嘛。」

他握緊拳頭。

「他明明就是靠勉強自己越變越強的……」

雄斗當然知道哥哥這番話沒有那個意思，而是因為擔心他的身體。

但無庸置疑的是，他就是覺得雄斗的身子虛弱，才會說出這種話。

「……」

雄斗將手放上膝蓋站了起來。

全身肌肉都刺痛不已。

「唔……」

好痛，真的超痛。

「……男孩子就該有點骨氣。」

接著，雄斗拖著嘎嘰作響的身體，準備出門訓練。

◇

雄斗獨自展開了訓練。

在寒冬清早的冷空氣中。

大坂傳給他的訊息裡，寫著昨天做過的訓練項目。

「呼……呼……一、一、二、三、四！」

他邊喊邊跑。

但因為全身痠痛，速度非常慢，完全比不上昨天跟大坂跑的速度。

雄斗雖然努力想驅動身子，卻終究力不從心。他的速度就像在悠閒散步一樣，搞不好連稍微加把勁的烏龜都能跑贏他。

（……啊，好痛，根本動不了……這樣慢慢跑真的有意義嗎？）

這股思緒在腦海中不斷盤旋。

又因為肌肉痠痛，渾身疼痛不已。

順帶一提，因為昨天喊太大聲了，現在喉嚨也很痛，連發出聲音都很辛苦。

好痛、好難受、好痛、好難受。

（對了，乾脆改用走的好了……反正她說這只是暖身嘛。用稍微輕鬆一點的方式跑應該……）

雄斗這麼想，便不再喊聲並放慢腳步。

『嗯？啊……是雄斗啊。對了，別勉強自己喔。』

此時，爸爸的這句話卻從記憶深處飄了出來。

『結城！你怎麼這麼亂來啊！喂，快去叫校醫過來！』

這句是老師說的話。

還有……

『……但你不必學我啊。我覺得每個人都有適合自己的步調。』

這是今天聽哥哥說的話。

「玩笑……」

雄斗說了些什麼。

隨後，他再次往前奔跑。

他用力擺動手臂，放聲大喊：

「開什麼玩笑啊啊啊啊啊啊啊啊啊啊啊啊！每個人都這樣——————！」

雄斗就這麼喊著聽起來不像人話的聲音，繼續往前衝。

「只要有心，我也能成功啊啊啊啊啊啊啊啊啊啊啊啊！」

他的腳步自然也沒有放慢。

雄斗的嗓音迴盪在寒冷的天空之中。

◇

名為暖身運動的喊聲耐力跑結束後，接著是腹肌、背肌等各種體幹訓練。

雖然目標是跟昨天一樣做一百～數百次，但肌肉痠痛跟疲勞程度比昨天還要嚴重，身體根本動不了。

儘管如此，就算要一次一次分開做，不管得花多少時間，雄斗都還是努力做完了。

接下來的投石訓練，他也是邊做邊休息，扎扎實實地投了幾百次。

在比昨天晚了許多，夕陽已經完全西沉的時間點，他才終於抵達神社。

「……呼……呼……」

意識已經模糊不清了。

然而雄斗依舊用彈力繩將腳綁起來，開始爬樓梯。

可想而知，他只爬幾階就跌在地上了。

「……唔唔。」

但他依然繼續前進。

用攀爬的方式一階一階往上走。

這已經不是只靠手臂，而是除了被限制活動的腳以外，用盡全身力氣像毛毛蟲一樣前進了。但他還是慢慢往上爬。

「要撐到最後……無論如何，總之一定要……」

於是……

「……唔，啊！」

雄斗終於爬完樓梯了。

老實說，他是回過神來才發現自己爬完了，完全不記得中途是怎麼上來的，搞不好已經失去意識了。

「……你沒有逃避耶。」

穿著高中防風外套的大坂站在神社前。

頭髮被汗水沾濕了些。

畢竟這時間社團活動早就結束了，大坂可能也是自主練習到現在吧。

「……妳說我沒有逃避……說不定我中途有跳掉幾樣沒做啊？」

「傻瓜，我一看就知道你有沒有認真做。現在你眼中已經沒有過去那種卑屈的感覺了。」

「……」

「老實說，我也明白自己開給你的內容太嚴苛了，還以為你會跳掉九成呢。」

「……哈哈，拜託別小看我啦。」

雄斗倒在地上，對大坂豎起大拇指。

雖然自己也知道沒什麼進展，但他現在只剩手掌能動。

不，他真的完全動不了了。

如果大坂沒來，他應該會動彈不得，直接凍死在這裡吧。啊，不對，他有帶手機，只要有人來接他回去就行了……

「是啊，我差點就對你刮目相看了。」

「居然是差點……還沒對我改觀啊……」

「等你贏過結城那小子再說吧……來。」

大坂走向雄斗後伸出了手。

「看你這個樣子，應該是真的沒辦法動了吧？不像昨天是假裝動不了。我就跳樓大放送，刪掉最後的衝刺訓練吧。來收操了。」

雄斗看著大坂伸過來的手。

或許是平常都在鍛鍊的關係，手上滿是傷痕，但感覺還是像女孩子一樣小巧又柔軟。

可能是錯覺吧，她就連看著雄斗的表情都比平常溫柔了幾分。

（可是……）

雄斗沒有將自己的手伸過去。

反而將手撐向地面。

「……哈哈，我不是說了嗎？拜託別小看我。」

他硬是撐起不斷顫抖的身體站了起來。

大坂驚訝地瞪大雙眼。

那個表情就像一般的女孩子，連雄斗看了都覺得好可愛。

「唔……啊……」

站是站起來了，但雄斗馬上將手撐在膝蓋上。

真的光是站著就很吃力了。

不過……

「……好，我要去做……最後的樓梯衝刺了……」

「……哦？」

大坂的表情和緩了些，並默默點頭。

沒錯，默默點頭。

雄斗握著扶手，慢慢走到樓梯最下層。

老實說，光是這個動作就已經算是超級重度勞動了。

然後他回過頭。

「……好！」

拚命跑上樓梯！

雄斗勇敢地踏出第一步……然而……

「唔咕……」

在這種狀態下，他當然不可能跑上去。

他的腳馬上就無法動彈了。

儘管如此……

「……唔、喔喔！」

雄斗依舊往前走。

一步步確實地踩著走。

（好痛、好痛苦、好難受……）

其實他馬上就後悔了。

為什麼幾秒前的自己要得意忘形，跑來做樓梯衝刺啊？

乖乖去收操不就好了嗎？

雄斗才這麼想。

那種感覺又回來了。

胸口那種椎心之痛。

心臟出問題的那種痛楚。

（……啊，沒辦法，這一痛起來就不行了。）

現在他滿腦子都是這個念頭。

他抬起頭試圖求助。

結果……

「……」

大坂卻仍默默地看著他。

跟剛才一樣，一句話也沒說。

（……啊，嗯。）

他知道。

其實他知道。

這股痛楚……只是錯覺。

心臟病已經完全治好了。

這股痛楚大概是來自他脆弱的心。

想輕輕鬆鬆，不想再努力一點，如果拚成這樣還是輸了該怎麼辦？肯定會受傷吧？

這種脆弱的心靈，引發了不存在的痛楚。

（是啊……我一直……）

一直都在利用這一點。

這個病早就治好了，不管考試讀書、跟同學處得不好，抑或是變得不想去學校……

其實都跟這個病無關。

運動也就算了，其他問題都跟這個病無關。

只是自己的心靈太脆弱而已。

只是想找個不會疼痛、不必吃苦的理由罷了。

他只是覺得心臟病這個理由用起來很方便。

自己這個不堪一擊的心！

但已經毫無關係了。

因為這個病已經治好了。

「……啊。」

剛才看到自己要做最後的衝刺時，大坂只是默默地目送他離開。

完全沒說……「別勉強自己」這種話。

……好開心。

「唔、啊啊啊啊啊啊啊啊啊啊啊啊啊啊啊啊啊啊啊啊啊啊啊啊啊啊啊啊啊啊啊啊啊！」

雄斗的腳用力踏上樓梯。

手腳已經完全麻痺沒知覺了，但這樣反而正好。

因為感受不到疼痛，就可以盡情擺動。

努力往上跑。

心臟一陣刺痛。

感覺好像快停止跳動了。

（……少騙人了。）

你早就痊癒了吧。

夠了。

我再也不想躲在你的羽翼之下了！

「啊啊啊啊啊啊啊啊啊啊啊啊啊！」

雄斗高聲吶喊，並爬上最後一階。

他再次跌倒，倒臥在神社的石板地上。

「呼……呼……怎麼樣？我……我做完了……」

大坂說：

「不錯嘛，雄斗。我對你真的有點改觀了，程度大概是原子直徑那麼大。」

說完，她模仿雄斗剛才的動作，面帶笑容地對他豎起大拇指。

「……還真少啊。」

「至少我已經對你改觀了，所以你一定要贏喔。」

「是啊……我會贏的……」

說完這句話，雄斗就仰躺在地，望向那片美麗的星空。

十天後。

「呼……呼……呼……」

雄斗正在神社的樓梯往上跑。

「……好！」

終於爬上最後一階。

在最上方等他的人正是大坂。

「你第一次全程跑到最後耶，而且……居然這個時間就練完了。」

大坂看向遠方的天空說道。

太陽現在才正要下山。

第一天是到完全入夜的時間才練完，這麼一想，就覺得雄斗進步神速。

「嗯，這樣至少練到可以應戰的最低體力了。從客觀角度得知自己成長進度的感覺如何？」

「……」

「嗯？」

「嗚噁噁噁噁噁噁噁噁噁噁！」

雄斗狠狠地吐在地上。

「嗚哇。」

大坂皺起眉頭。

（……可惡，果然還是很痛苦啊。）

身體的確已經漸漸習慣，也能感覺到體力變強了，但每次練完都仍像在鬼門關前走了一回。

「算了，你還知道要走到泥土區再吐，很了不起。要是吐在石板地上，處理起來就麻煩了。」

大坂用泥沙覆蓋在雄斗的嘔吐物上頭。

「……就是後天了。」

「是啊。」

結城他們三天後就要回去了。

所以後天就要一決勝負。

「明天不用訓練，你好好休息吧。」

大坂這麼說。

「啊，是嗎？我還以為妳一定會說『比賽前一天又怎樣』呢。」

「你傻啊，我又沒說過不需要休息。但技術練習還是得做啦，徹底休息會讓身體僵硬，這樣不太好。」

「……」

「幹嘛不發一語地看著我啊，難不成愛上我了？對不起，我只跟和我同等級的人交往。」

「……呃，不是啦。」

他根本沒告白，卻莫名其妙被甩了。

「謝謝妳捨棄寶貴的寒假時間陪我訓練……」

說完，雄斗乖乖低頭道謝。

「幹嘛特地道謝啦？很噁心耶。」

「因為我知道妳很忙啊，要忙社團、讀書，以及學生會的事，卻還要為了我這種人抽出時間。我知道妳有多辛苦，所以……想跟妳道謝……」

隨後，他又再次深深一鞠躬。

「……」

大坂驚訝地瞪大雙眼，盯著雄斗好一會兒。

「……哦？嗯，你明白就好。」

她像平常那樣傲慢地環起雙臂這麼說。

「然後……」

大坂指著雄斗說：

「雖然以前身邊的人都覺得你是愚蠢無能的底層廢物，但以後不准再說自己是『我這種人』了。」

「最瞧不起我的人就是妳吧。」

「這是旁人眼中的客觀事實！可是……你自己不能有這種想法。」

大坂走向雄斗，一拳打上他的胸口。

「唯獨你要覺得自己是『最厲害的人』。你過去的努力，還有比昨天的自己更加進步，都值得這份肯定。」

「……」

「好了，開始拉筋吧。」

「……」

「怎麼還愣著不動？」

「大坂。」

「幹嘛？」

「妳真的是個很棒的女孩子。」

「幹、幹嘛突然說這種話啊！」

「呃，嗯，真的啦，我真的這麼認為。」

「……哼、哼，是嗎？好了，別廢話，快點坐下把腿張開。」

雄斗覺得大坂說話時臉頰似乎有些羞紅，但可能是他多心了吧。

◇

終於到了決戰當天。

「哎呀，真沒想到雄斗又主動約我打棒球耶。」

明明是一大清早，結城卻仍開心地這麼說。

「我本來也想找小鳥一起來，但她今天跟媽約好要出門。啊，你知道嗎？別看小鳥那樣，她的投球技術滿好的喔。」

「……我知道。」

雄斗小聲地說。

「今天也跟上次一樣，用攻守各三次的規則嗎？」

「稍微改一下。」

回答結城的人不是雄斗，而是今天也擔任捕手的大坂。

「這次用木製球棒吧，金屬球棒對打擊方太有利了。」

「……嗯？這樣我們都比較好打啊，有差嗎？算了，我沒意見。」

結城說完，就改拿大坂遞給他的木製球棒，走進打擊區。

「那就開始吧。」

大坂戴上面罩後，擺出捕球姿勢。

雄斗也踩上投手板。

「……」

大坂隔著面罩看向他。

那雙眼彷彿在說「讓他看看你的表現」。

（……沒錯，讓他見識見識。）

雄斗將手高舉過頭。

並抬起一隻腳。

就算抬起單腳，雄斗的身體也穩穩的。十天前的這個時候還會搖搖晃晃，但現在下半身的重心相當穩固。

隨後他流暢地將重心轉移，回轉這十天狠狠虐待過的體幹，將球投了出去。

「……！」

從雄斗手中投出的球，用比之前快上兩倍的速度，直接飛進大坂的手套裡。

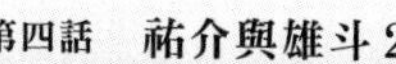

角度是正中偏高。光從角度來看，是個能輕鬆打到遠處的超級好球。

「……」

結城卻沒有揮棒。

「嚇死我了，雄斗……跟上次的球完全不一樣耶。」

「看你被嚇到的反應，我就滿足了。」

說完，雄斗咧開嘴角一笑。

「一好球。」

大坂這麼說，並將球丟還給雄斗。

雄斗將投手丘的地面踏平，用手套接住球。

（……很好，如我所料。）

結城完全掉進他跟大坂想出的作戰圈套之中。

（哥還以為我的球路跟之前一樣。）

跟上次相比，雄斗的球速的確快了不少。

雖然確實變快了，但若說有沒有快到不像話，倒也不然。頂多只比打擊場的中速球快一點而已。

簡而言之，結城應該打得到。

但結城可能沒辦法在短時間內擊中球吧。

畢竟十二天前的結城，已經打到好幾次雄斗「還沒變快」的球了。當時他從雄斗的投球姿勢和球路判斷，算準時機揮棒了好幾次，因此那種球路已經深深烙印在他的眼睛和腦海裡了。

所以他才打不到球。

雄斗現在的球雖然稱不上快速球，但也沒有慢到在上次那個時間點揮棒就能打中。

話雖如此，這也是時間早晚的問題。

以結城的實力，應該沒過多久就能抓準時機了吧。

「既然如此……」

雄斗馬上又舉起手臂。

（盡量不讓他有時間思考！）

並將球投出去。

這次的角度也是正中間的超級好球。

可是……

「……哦？」

結城只是稍稍移動球棒，並沒有揮棒。

「兩好球！」

大坂這麼說，又將球投還給雄斗。

結城完全抓不到揮棒時機。

（……很好。）

雄斗又馬上擺出投球姿勢。

「！」

結城急忙握緊球棒。

雄斗投出的第三顆球，相當接近內角球的位置。

雄斗的控球能力還不到可以精準拿捏角度的程度，基本上每次都是往中間投。

投出接近內角球的角度，只是單純的偶然。

卻是最完美的偶然。

要從外面拉回內角球的擊球點，需要花一點時間。

而且雄斗投球的間隔太短，導致結城應對不及。

再者，如果他這次又沒抓準時機打到雄斗的球，這次就等於是雄斗獲勝了。

然而……

咻！

結城的身體用力一扭。

「！」

雄斗瞪大雙眼。

木製球棒彷彿要纏上結城的身體般狠狠一轉，用前端擊中那顆內角球。

砰！

接著就傳來木製球棒打到軟式棒球的聲音。

「啊～！」

這個充滿懊悔的喊叫聲。

「糟糕，揮太慢了！」

是結城喊出來的。

結城抬頭看向天空。

只見球被打到正上方。

大坂不費吹灰之力就接住那顆球。

「好，一出局。」

高飛球被接殺那一刻就宣告出局，大坂卻故意往結城的身體碰了一下。

「好啦好啦，知道了。啊～可惡，被擺了一道。」

說完，結城就離開打擊區往這裡走來。

雄斗心裡頓時涼了一下。

（……好險。）

如果沒用比金屬球棒還要沉重的木製球棒，搞不好會被結城轟出全壘打。

（……真奇怪。）

雄斗也察覺到有些不對勁。

「不過你真的嚇到我了耶，雄斗。難道你前幾天都有練習嗎？」

雄斗還在思考，結城就已經走到他眼前了。

「……啊，對啊。」

「這樣啊。」

結城感慨萬千地說。

「那我可不能大意了。好，攻守交換吧。」

說完，結城便將木製球棒交給雄斗。

「……」

雄斗默默接過球棒後，也把球和手套拿給結城。

他用接過的球棒練習揮棒。

咻！咻！

球棒發出劃破空氣的聲音。

「喔喔，揮棒速度也變快不少耶。」

結城感佩地這麼說。

因為他每天都會在訓練空檔練習揮棒，這也是理所當然的。

（……木製球棒真的比金屬球棒重多了。）

雄斗感受著傳遞到手上的重量並這麼想。

既然如此，剛才那球果然很奇怪。

（哥為什麼會打到那顆內角球？）

從哥哥十二天前的動作來看，在那個時間點揮舞這支球棒的話，應該來不及打到那麼靠近的內角球才對。

他的動作明顯俐落了不少。

「好～我要投嘍～」

雄斗一站上打擊區，結城就擺出投球姿勢。

然後……

咻！

感覺好像聽見手指將球彈出的聲音。

他投出的球以令人目眩神迷的漂亮轉速和速度，直接瞄準外角偏低的好球帶邊緣。

啪！

並發出這股聲響飛了過來。

「……！」

雄斗完全沒辦法反應。

還被這令人驚訝的事實嚇出一身冷汗。

（變、變快了……）

「哈哈哈！怎麼樣，嚇到了嗎？」

結城開心地哈哈大笑。

「其實我也趁不用打工和讀書的空閒時間稍微練了一下，感覺很懷念呢。」

「……！」

對啊。

沒錯。

他哥哥結城祐介，可是將努力當成呼吸一樣自然的男人。

雖然他只用了「稍微」二字，但應該練得很拚命吧。

「……可惡，既然很閒就懶散點啊，死變態……」

不過仔細想想，這也是理所當然的。

雖然自己努力練習了，對方卻也沒理由原地踏步。

「好，我要投第二球了～」

結城再次擺出投球姿勢。

「唔！來吧！」

儘管如此也不能畏懼。

結城雖然也有練習，但至少自己在這十天確實相當努力。

可是……

「唔！」

結城的球和剛才一樣，以完美的控球力和軌道飛向外角偏低的位置。

雄斗甚至沒辦法揮棒。

（控球能力太強了吧……）

因為必須將球棒遠離身體，外角偏低被列為最難打到的球路。又因為球跟臉部的距離也很遠，很難判斷是好球還是壞球。

結城卻投出這種如機械般精準又快速的直球。

球速本身當然很快，雄斗這種跟門外漢沒兩樣的人根本無力應對，但也完全不是那種超過１５０公里的超快速球。

可是他的控球能力……哥哥從小就跟爸爸共同訓練起來的這個能力，可能也沒幾個職棒選手可以達成。

接住大坂投回來的球後，結城再次擺出投球姿勢。

第三球。

「……但我仍要拚一把。」

雄斗用力握緊木製球棒。

「嘿！」

這次結城投的是球速緩慢的曲球。

「！」

雄斗滿腦子都想著直球，根本來不及反應。

他完全揮棒落空，球隨後也慢慢被吸進大坂的手套裡。

「哈哈哈，你完全中計了。」

結城站在投手丘上這麼說，臉上的笑容彷彿惡作劇成功的孩子。

（……無論是手上的武器或是經歷過的局數，都差太多了。）

這十天雄斗非常努力。

他的實力也確實因此變強、熟練許多。

雄斗付出的努力一定遠勝於哥哥吧。畢竟哥哥只是趁著讀書空檔練習，雄斗可是練了一整天。

但那又怎樣？

因為雄斗在這十天付出的努力，哥哥可是從懂事以來就持續不斷地練了將近十年之久。

所以這是理所當然的。

他們的實力差距依舊如此懸殊。

◇

「很好很好，這樣就還是0比0。」

相較於被徹底打垮的雄斗，結城仍非常開心。

他們交換球棒和手套，再次攻守交換。

結城站上打擊區。

「好，接下來換我擊球嘍。」

他的口氣聽起來十分輕鬆，但姿勢端正無比，充滿自信。從投手丘的方向來看，彷彿有種「球來就打」的感覺。

「……」

雄斗默默地盯著結城。

（啊，好羨慕他啊。）

努力不懈，充滿信心，身懷百般絕技。

（……我小時候真的天真地以為，我也可以變得跟你一樣厲害。）

但哥哥和他不一樣。

就算流著相同的血脈，也沒有同樣的能力。

就算在一樣的環境下長大，養育方式也完全不同。

明明是兄弟，哥哥卻遙遙領先了幾百步、幾萬步，甚至看都看不見。

因此這場挑戰，從一開始就是無謀之舉。

看著站在打擊區的結城，雄斗再次認清這個現實。

「……我根本……贏不了哥……」

雄斗頓時渾身無力，手上的球也掉了下來。

「啊！」

當他正想將球撿起來時——

「暫停！」

喊出這句話的人，是擔任捕手的大坂。

「嗯？幹嘛，你們要確認暗號嗎？」

結城把手放下，並離開打擊區。

大坂也摘下面罩，緩緩朝雄斗走去。

她撿起雄斗剛才弄掉的那顆球——

「還在比賽耶，你怎麼愁眉苦臉的？」

並用平常那種傲慢的口氣這麼說。

「……對不起。」

「你在跟誰道歉啊？」

大坂聳聳肩。

「大坂……哥真的太強了……」

聽雄斗這麼說——

「……」

大坂默默地將剛才撿起的球放進雄斗的手套裡。

「加油，雄斗，你一定做得到。」

丟下這句話後，她便走回本壘了。

「……啊。」

雄斗看著她的背影心想：

（我有多久……沒聽到「加油」這句話了？）

大坂一定還相信我能成功吧。

「搞什麼？不能表現出這麼沒用的樣子啊。」

沒錯。

都什麼時候了，怎麼能因為對手比想像中強了一點，就怕成這樣啊？

早就知道這是一場無謀的挑戰，儘管如此，他還是想贏。

只要撐到最後。

現在的結城雄斗，該做的就只有這件事！

（男孩子就該有點骨氣……）

「呼～！」

雄斗閉上眼睛，深深吐了一口氣。

「……好。」

雄斗再次鼓足幹勁，緊盯著捕手方向。

大坂輕輕點頭，表示「這樣就對了」。

隨後，她偷偷豎起兩根指頭。

「……！」

看到她的手勢，雄斗頓時嚇了一跳。

（嗯，也是，只能放手一搏了。）

雄斗將雙手高舉過頭。

（哥，接招吧，這是打倒你的祕策！）

◇

八天前。

「你應該也很清楚，用一般的方法應戰，你的勝率微乎其微。」

大坂把雄斗叫到她就讀的高中操場上，如此說道。

「……果然沒錯。」

雄斗嘆了口氣並這麼說。

就算這十天死命地訓練，也不過是臨陣磨槍而已。

「所以，我想盡可能提升你的勝算。我先提案吧，把比賽用的球棒從金屬製改成木製。」

大坂從運動社團共用的倉庫裡拿出一支木製球棒。

「為什麼要用木製球棒？」

「因為用金屬球棒不可能壓制結城的實力。金屬球棒不只輕，擊球點範圍也大了將近一倍。」

「啊，原來如此。」

所謂的擊球點，就是球棒打到球時，可以把球打得最遠的位置。

木製球棒和金屬製球棒的擊球點範圍完全不同。

「不僅如此，就算偏離擊球點，金屬球棒幾乎仍能擊出強力安打。如果你能投出球棒敲不到的球，那當然沒問題……但是不可能嘛。那小子很會打直球，在這短短十天內，你哪能

投出讓他揮棒落空的球？」

「……還是不行嗎？」

「我之前聽說，結城從小二開始就會每天去打擊場，在打擊區往前兩步的地方練習打150公里的球，但他好像一直練到高年級才能打中。」

不是，小學生怎麼可能打到啊？

雄斗忍不住吐槽。

「所以要讓他用木製球棒。木製球棒就算打到球，也不容易擊出安打。」

「原來如此……」

「這樣一來，至少你能用跟之前截然不同的球速，讓他第一場打擊就敗下陣來。」

「問題是後面幾場要怎麼解決吧？」

聽雄斗這麼說，大坂點點頭。

「祕策就是這個。」

大坂用手上的球示範了一種握法。

跟一般的直球握法差不多，卻又有些不同。

扣住球部上端的食指和中指間距比較寬，而且兩根手指都貼在球的縫線上。

「現代魔球『二縫線快速球』。」

「『二縫線快速球』……？」

對棒球不太熟悉的雄斗疑惑地歪過頭。

「嗯，用最簡略的說法，就是以跟平常投直球稍微不同的握法，一樣用力投球，球路就會有些微改變。你試試看吧。」

從大坂手中接過球後，雄斗站在練習投球用的牆壁前。

「……呃，把手指張開貼著縫線……」

雄斗照大坂的教學握住球，再跟平常一樣直揮手臂。

「啊，壞球。」

可能是用不熟悉的握法投球的關係，球完全偏離好球帶，飛到其他地方去。

但是……

「喔喔，真的耶！球轉彎掉下去了！」

他投出去的球確實往左下方下沉了。

「……變化不大就是了。」

沒錯，雖然有變化，但真的只有一點點，大概只彎了幾公分而已吧。

這些微的變化，也讓球速變得比直球慢了一些。

這樣應該沒辦法騙結城揮棒落空吧。這種方式會不會反而讓他更容易打到球？

「這樣只偏一點點才好。如果在他擊球前讓球稍稍轉彎，你覺得會發生什麼事？」

「……啊，對耶，會偏離原本算好的擊球點。」

「沒錯！如果再讓他用擊球範圍狹小的木製球棒來打，打偏的可能性就會大幅上升。反正沒辦法讓他揮棒落空，那就盡量製造出讓他失誤的機會吧。」

◇

（……結果還是沒辦法練到完美。）

雄斗擺出投球姿勢並這麼想。

「二縫線快速球」的握法，就是打倒哥哥的祕策。

但終究仍沒辦法在正式上場前練到完美。

球本身有因為雄斗的投法轉出不錯的角度，無奈依舊投不進好球帶。

所以跟大坂商量後，他決定盡量不用這種方法壓制。

（但要贏過這個對手，一定得扛些風險才行。）

雄斗踏出前腳踩上地面。

練習時的成功率大概是十分之一。

現在他就要投出那一球。

「哈！」

他帶著這股氣勢振臂一揮。

扔出去的球，描繪出跟先前直球相同的軌跡。

（……很好！）

球確實往離好球帶偏高的位置前進。

打者結城得意地揚起嘴角。

這球依然會落在最容易打出全壘打的位置，而且球速比之前還要慢。

他一定以為雄斗失手了吧。

「我贏了！」

說完，結城全力揮棒。

卻聽見「叩」這種有些沉悶的聲響。

「！」

結城打出的球軟綿綿地滾到內野區。

如果有人守備，這球應該出局了。

「好啊！」

雄斗擺出了勝利姿勢。

終於從哥哥手中拿到一出局了。

擔任捕手的大坂，也輕輕握住沒戴手套的那隻手。

「……」

結城不發一語地看著球棒。

雄斗走向結城，將手套交給他並說：

「好了，哥，攻守交換吧。」

◇

兄弟對決終於來到下半場了。

目前雄斗剩下兩次攻擊機會，結城只剩一次。

雄斗準備進行第二次打擊，同時心想：

（之後哥還剩一次攻擊機會，剛才他可能已經發現我用了「二縫線快速球」，但如果只剩一次，我就很有可能贏過他。）

真要說的話，可能性當然很低。

但棒球這項競技，一流職棒選手的打擊率也只有三成。雄斗的球技自然不如職業選手，投出的球更容易被打中，但對手還是有機會打偏。

「再來只要打中哥的球就行了。」

除了投球之外，打擊方面他當然也準備了對付哥哥的祕策。

為了限制哥哥的打擊能力，這場比賽用了較難擊打的木製球棒，這個難度自然也會影響到雄斗的表現。

就算想用平常的方式揮棒，打中球的機率也趨近於零。

所以勝負就要賭在那一球。

哥哥最擅長的球路。

他要挑外角偏低的直球打。

哥哥經常靠他超精密的控球能力，投出連職棒選手都相形見絀的那種球。

瞄準最難打的區域投的那種直球，肯定相當棘手，但藏了一個弱點。

結城的球路算得太精準了。

他總用完美控球力投出同樣的球路，所以都會通過本壘板的同一處。

叫他打出全壘打確實有點強人所難，但這次比賽只要打出安打就行了。

因此他將機會全賭在那個外角偏低的直球上，只需將球棒往那裡揮就好。

而且雄斗把打擊練習的時間，都用在如何打中外角偏低的球。

這一切都是為了打敗哥哥。

（……所以只要再一次……不，可以的話，希望能再看到哥投出兩次外角偏低的直球。

屆時我會算準時機和球路。）

雄斗才這麼想——

「喂，雄斗！」

投手丘就傳來哥哥的叫聲。

「幹嘛？」

「你很了不起……我真的被你逼入絕境了。」

他說話的表情和口氣不再是先前那種帶著喜悅，彷彿在逗小孩玩的感覺，變得相當嚴肅。

「雄斗，你真的很拚命吧？畢竟你的球技在那麼短的時間進步了很多。剛才的『二縫線快速球』也很精彩。」

隨後，他將拿著球的手伸向雄斗說：

「……那我也得認真應戰了。」

他直盯著雄斗全身，眼神中充滿了「絕對不會輸給你」的強烈意志。

「……」

看了哥哥的反應。

（……奇怪？）

雄斗的眼眶不知不覺落下一滴眼淚。

「……啊，是嗎？原來我一直……」

一直希望哥哥能用這種眼神看我。

（對啊，哥，我、我……）

我始終希望你能把我視為地位平等的對手。

不是病弱又讓你操心的弟弟，而是以一個男人的身分得到你的認同。

此時此刻，哥哥把自己當成必須打敗的對手，目不轉睛地盯著他看。

……啊，好開心，天底下沒有比這更開心的事了。

雄斗握緊球棒。

「……來吧。」

他也直接回敬哥哥的眼神。

「放馬過來啊！結城祐介！」

「好，我要拿出全力了，結城雄斗。」

結城擺出投球姿勢。

他投出的球——

啪咻！

往外角偏低的方向直飛而來。

速度、威力，最驚人的是附加在球上的氣勢，都跟之前截然不同。

（……這就是哥的真本事嗎！）

這當然是雄斗求之不得的好球，但結城用盡全力投出的這顆外角偏低的直球，完全不能相提並論。

別說球棒能不能打中了，他根本無法想像自己能打飛這顆球。

「我跟老爸的目標，就是練成光靠直球威力和控球力就能壓制對手的投手。」

接住大坂投回的球後，結城再次擺出投球姿勢。

「因此，一旦我認真起來，基本上不會使用變化球。」

再次投過來的這顆球，也跟之前一樣是外角偏低的直球，分毫不差。

「唔！」

這次雄斗也沒揮棒。

「有位職棒選手說過『真正的外角偏低直球是不可能打中的』，我也這麼認為。用力揮臂投出的外角偏低直球……」

第三球。

結城將手臂彎曲。

「是最強的魔球。」

第三球也是外角偏低的直球。

這個球路今天已經見過好幾次了。

可是氣勢和威力都相當驚人，就是剛才頓時讓雄斗完全不敢揮棒的那種球。

（但我依舊得打！）

這是唯一能贏過結城的機會！他就是為此才費心準備的！

「喔喔！」

雄斗狠狠地揮舞球棒。

他的眼睛根本沒追上那顆球。

不過可能是因為每天都在練習揮打相同的球路吧。

手自然而然就做出瞄準球的動作了。

雄斗的球棒打中了球。

（……好啊！）

命中球的觸感確實傳遞到手上。

可是……

「！」

啪！

一股強烈的衝擊也竄過雄斗握著球棒的手。

「唔！」

結果球軟綿綿地滾到捕手面前。

「怎麼樣？打不到吧？」

結城理直氣壯地站在投手丘上這麼說。

（……痛死了。）

剛才那一球只是敲在球棒上，雄斗的手就通紅一片。

而且連骨頭都隱隱作痛。

結城果然很厲害，是令人生畏的對手。

但是……

雄斗握緊疼痛的手，直盯著結城看。

「好球，哥，然而現在還是0比0。」

「是啊，在最後一局決勝負吧。」

雄斗和結城走向彼此，將手套和球棒交給對方。

（……老實說，我已經無計可施了。）

雄斗用腳踏平投手丘的地面並這麼想。

為了打敗結城而準備的投打祕策，都已經用上了。

「二縫線快速球」已經被他發現，在最後一次打擊機會中還能打中外角偏低的直球嗎？

應該很困難吧。

但雄斗不會放棄。

他要將現在手上的武器全數用盡，正面迎戰到最後一刻。

「……雄斗這小子的眼神不錯嘛。」

結城不經意地這麼說。

他走進打擊區後——

「欸……我可以問個問題嗎？」

就對雄斗說出這句話。

「什麼？」

「你上次說『贏了就把小鳥讓給你』，這話是認真的嗎？」

「……」

啊，確實有這麼一回事。

明明是自己先放話的，他卻現在才想起這件事。

「嗯，如果你贏了，讓你跟小鳥告白也沒差……雖然這樣不太好就是了。」

「……呃，嗯。已經無所謂了。」

雄斗搖搖頭。

他是真心喜歡小鳥。如果有機會，他其實很想跟小鳥交往。

但現在他只想……

「比起這個，我現在……更想在這場比賽中贏過哥。」

這樣就夠了。這才是他最渴望的夢想。

「是嗎……」

結城微微一笑。

不是比賽剛開始那種嬉鬧的笑，而是充分體會到喜悅的笑容。

而且……

「我也是……在放棄棒球之前，我總想著哪天能跟你像這樣認真地比一場。」

「哥……」

「……雄斗，你真的進步了。」

結城舉起球棒。

「好！來吧！」

「……喔！」

雄斗振臂高揮，投出渾身解數的一球。

◇

「真的太開心了。下次再來比一場吧，雄斗。」

說完，結城隨即離開操場。

（……輸了。）

雄斗仰躺在操場的打擊區上。

最後一局。

結城漂亮地將雄斗的「二縫線快速球」打到護欄上，又連續投出三顆沒耍任何花招的外角偏低直球，將雄斗三振出局。

果然到最後一刻，他還是憑藉壓倒性的實力差距獲勝。

儘管如此，雄斗依舊毫不畏懼地正面迎戰。

沒有投出逃避現實的球路，打擊時也都盡力揮棒。

他已經傾盡此刻擁有的全力了。

這點無庸置疑。

雄斗緩緩撐起身子。

「……但最後依舊輸了。」

輸就是輸。

什麼努力獎或英勇獎，他才不要那種東西。

他只想贏。

他真的只想要贏。

「哈哈，雖然努力過了……卻還是沒有任何改變。」

他輕聲嘀咕道。

「不對。」

上方傳來這個聲音。

卸下捕手防具的大坂站在他眼前。

她像平常那樣傲慢地站著，雙手環在胸前。

但這次她將手放了下來，在雄斗面前緩緩蹲下。

「拚盡全力在挑戰中落敗，不是單純的敗北，而是『大幅度』的前進。」

隨後，一股溫暖的體溫包覆著雄斗全身。

大坂將雄斗擁入懷中。

雖然是鍛鍊過的身體，卻仍感受得到女孩的柔軟，以及大坂身上混了些許汗味的柔和氣味。

「……不甘心嗎？」

「……嗯，超不甘心。」

雄斗從來沒聽過大坂如此溫柔的嗓音，忍不住紅了眼眶。

「那你一定沒問題，未來絕對大有可為。一步一步往前走吧，總有一天能變成不輸給祐介的男孩子。」

大坂的手輕輕撫摸雄斗的頭。

什麼嘛……怎麼只有這種時候對我這麼好啊？

「總而言之……你很努力了，雄斗，我對你刮目相看嘍。」

「嗚……」

不行了。

雄斗完全止不住滾落眼眶的悔恨淚水。

像這樣哇哇大哭真的非常難看。

但不可思議的是……

跟十二天前在房裡獨自流淚相比，這次的淚水讓他暢快多了。

「拚盡全力在挑戰中落敗，不是單純的敗北啊……」

請哭哭啼啼的雄斗吃了一頓午餐後，大坂奈央子獨自往結城家走去。

其實下午有田徑隊的練習，但她今天決定蹺掉。

這是她上高中後第一次蹺掉社團活動。不對，就算從國中開始算起，頂多也只有一次。

那次她高燒到三十九度仍執意要去，最後被媽媽阻止了。

大坂對田徑投注的熱情就是這麼誇張。

但現在有件非做不可的事，讓她不惜放棄社團活動。

「說了那麼帥氣的話，自己卻毫無進步，未免也太遜了。」

來到結城家後，大坂按下門鈴。

「來了～咦？這不是大坂嗎？怎麼了？」

出來應門的是結城。

好像是運動完剛沖過澡的樣子，頭髮還有點濕。

現在家裡可能只有結城在吧。

但大坂早就猜到了。雄斗應該還一個人在外面溜達，麻子和小鳥也一起出門了。

「啊，對了，我要謝謝妳幫忙雄斗。」

在大坂開口說下一句話之前，結城就這麼說。

「謝什麼？」

「是妳在一旁協助他訓練的吧？居然能在短短十天內讓雄斗進步成這樣，真不愧是大坂。」

「哼，努力的是他啊。」

「但妳也有功勞啊。多虧有妳，我以前打棒球時留下的遺憾通通消失了，真的很謝謝妳。如果有我可以回禮的地方，妳儘管說。」

話題剛好聊到這裡，於是大坂說：

「……你是明天回去吧？」

「嗯？啊，對啊。」

「那待會兒就陪陪我這個兒時玩伴吧。」

◇

結城和大坂一同前往家附近的某間小學。

「嗚哇，好懷念喔。」

結城感慨萬千地說。

「我也是時隔多年想來這裡看看。機會難得，找兒時玩伴一起來比較盡興吧？」

大坂這麼說。

其實在結城他們回來後隔天，大坂就來過了。

話雖如此，她也說不出「之前我把你女朋友叫來這裡，還逼她跟你分手！」這種話，才採取這種權宜的說法。

走過敞開的校門後，兩人來到校園的腹地之中。

「不過這裡真的廢校了啊……」

「……正好是你離開的那一年。」

近來因為少子化，人口又外流到都市，導致地方人口越來越稀少。

這個地區也大受影響，被其他稍遠處的小學統合後，這間小學就只剩下不再使用的校舍和腹地。

但因為荒廢的時間不長，設備本身看起來還是整潔新穎的模樣。

「哇，大坂，妳看這個鞦韆。我記得班上有段時間很流行玩一個遊戲，就是從那裡能把鞋子踢得多遠。」

結城指著設置在校園一角的鞦韆這麼說。

「這麼說來好像是耶。我沒加入就是了。」

「……嗯，我也沒有。」

聽了大坂的回答，結城似乎覺得這個話題沒辦法繼續延伸，就沒有再說下去了。

大坂和結城在學校裡都沒什麼回憶，根本聊不起來。

因為兩人都各有目標要努力，根本無暇分神。結城是忙著打棒球，大坂則是在每個科目拚出第一名。

他們都是與眾人格格不入的存在。

正因如此——

「我跟你真的是同類耶。」

大坂這麼說，並瞥了結城一眼。

「聽妳這麼一說，好像真是如此。我記得很清楚，妳在運動會的時候逐一超越了男生的成績，考試也經常拿到滿分被老師稱讚。」

「我也記得。學校體育課上壘球的時候，你因為連續十六次三振對手，搞得沒辦法比賽，最後被叫下投手丘。真的很驚人耶。」

「……嗯，其他科目都被我當成讓身體休息的時間隨便混過去了，但碰上棒球，我就沒辦法混水摸魚。明明壓制到零失分，卻被老師大罵『看一下情況好不好！』讓我很驚訝耶。當時我還不太懂為什麼會被罵。」

他們邊聊邊走進校園，又來到一樓的教室窗邊。

「嘿咻。」

大坂用熟練的動作，「喀啦喀啦」地打開教室窗戶。

「好，進去吧。」

「咦？可以嗎？而且窗戶居然沒鎖喔！」

「反正裡面也沒東西可偷，應該沒差吧？」

說完，大坂就爬進教室。

「……算了。偶一為之也無妨吧。」

於是結城也跟著爬過窗框，進入教室。

◇

校舍裡的氣氛還不到荒蕪的程度。

或許是偶爾有人打掃的緣故，反而比每天都有學生進出的現役校舍乾淨許多，也只有些許塵埃的氣味。

但桌椅等備品幾乎都被搬出去了。

「沒放桌椅的教室……居然這麼寬敞啊。」

結城呢喃道。

他們闖入的這間教室，是二年級時常用的教室。

當時還覺得教室很小，看到空無一物的狀態，才知道如此寬敞。

「對啊……但我們也長大了啦。你只要隨便跳一下就會撞到門框吧。」

「啊，真的耶，原來門框做得這麼低啊。這麼說來，比較高的老師都要稍微彎著腰走進來……」

結城這麼說，並用手撫摸門框。

（那麼……）

聊聊往事雖然也不錯，但還是來執行原本的目的吧。

大坂離開教室，沿著走廊往前走。

結城也跟在她身後。

她要去的地方就是……

「……保健室？」

結城不解地歪著頭。

大坂對他的反應有點不滿，卻仍打開門走了進去。

藥品和人體模型等備品雖然已經被搬走了，但床鋪、藥品櫃、校醫用的辦公桌跟折疊椅都還在。

「欸，妳來這裡幹嘛？這裡有什麼回憶嗎？」

結城拋出這個疑問。

「……是啊，你果然……」

大坂低語道。

接著，她站在床邊，用手撫過床面。

因為不是以前那種鋪著白色床單的狀態，摸起來有些粗糙。

「這裡是……」

大坂娓娓道來。

「我跟你第一次正式聊天的地方。」

結城微微張嘴看向左上方，露出「有這回事？」的表情。

「我們雖然住在附近，也很受對方父母照顧，但小時候根本沒說過幾句話吧？」

「啊，這麼說來的確是呢。不知不覺就變得可以正常聊天了。」

「就是從這裡開始的。」

◇

大坂現在還記憶猶新。

那是小學四年級的事。

當時的她努力不懈，每件事都想拚第一。

所以，她實在不覺得老是渾渾噩噩懶散度日的其他學生跟她一樣都是人類。

她把其他學生當成「浪費人生的鄉下笨猴子」，而學校就像這些猴子群聚的動物園。

這種高高在上的想法也反應在她的態度上，因此招致某些學生的反感。

話雖如此，大坂因為成績優秀，運動神經超群，總被老師誇讚不已。最重要的是，當時她的外表和身高都像極了男生，根本沒人敢直接霸凌她，頂多只會偶爾使壞而已。

某次體育課在上足球時，正在盤球的大坂居然被隊友絆倒了。

大坂狠狠摔倒在地，膝蓋也因此破皮。

然而頂多也只是微微出血罷了。於是大坂繼續比賽，還漂亮地踢進一球，卻仍被老師催促去保健室擦藥。

這點小傷而已，幹嘛去保健室啊？

她雖然這麼想，但這也不是值得故意頂撞的事，因此便乖乖聽從大人的指示。

（……嘖，那個臭三八。總之我要把她搞到被老師盯上，讓她沒辦法在教室裡耀武揚威。）

這種程度的使壞大坂經歷過好多次了，也熟知如何「處理」這種對手。她在內心如此盤算，並走向保健室。

「呃，搞什麼？校醫不在啊。」

尚未鑽研女孩法則的大坂，用超級粗魯的口氣這麼說。

保健室空無一人。

平常總是閒閒沒事的校醫，不知道跑哪兒去了。

就在此時——

「……咦？校醫不在嗎？」

有個男同學也走進保健室。

「啊……你是……」

大坂知道這個男同學的名字。

結城祐介。

是住在附近的男孩子。

但這個時候，大坂對結城的認知只有姓名、長相，還有打棒球而已。

「欸，你流很多血耶！」

結城的手肘擦傷得很嚴重，還在瘋狂出血，跟大坂的小傷根本沒得比。

「怎麼辦，校醫在教職員辦公室嗎？」

「不用大驚小怪啦。」

結城這麼說，逕自以自來水清洗傷口。

接著又動作熟練地用放在桌上的消毒液浸濕紗布。

再以紗布狠狠壓住皮膚掀起的粉色部位。

「嗚哇……」

一定超痛的吧。

但結城……

「……呼。」

卻只是嘆了口氣。

隨後，他若無其事地用另一片紗布蓋住傷口，再以膠帶固定。

他看向大坂的腳。

「嗯？妳也擦傷了嗎？」

「咦？啊，對啊。」

「……這樣啊，那先來清洗傷口吧。過來。」

說完，結城就轉開水龍頭放水。

「喔，好。」

大坂也乖乖地用水清洗擦傷的膝蓋。

「來，坐在床上。」

大坂將傷口清洗乾淨後，結城指著床這麼說。

「……」

大坂很討厭被人指使，但當時不知怎地，還是乖乖聽從結城的話。

結城也跟處理自己傷口時一樣，用浸滿消毒液的紗布壓住大坂的傷口。

「唔唔……！」

刺痛感非常強烈。

但眼前這個男孩子，剛才處理傷口時可是面不改色。

要是因為刺痛感發狂亂叫，感覺就輸了。

「呼～！」

於是大坂咬緊牙關，動也不動地忍了下來。

「……」

「……幹嘛一直盯著我看？」

「真不愧是大坂。」

結城這麼說。

「我的名字……」

「我知道啊，妳是在各個領域都表現突出的大坂。平常就幹勁十足的人，果然很會忍耐。」

替大坂緊急包紮完後，結城緩緩起身。

「嗯……就各自努力吧。」

留下這句話後，結城就離開保健室了。

「……」

被留在原地的大坂，摸了摸被紗布包紮的膝蓋。

感覺似乎暖暖的。

◇

「啊，好像有這麼一回事耶。」

聽完大坂的描述，結城這麼說。

他可能記不太清楚了吧。

（也是……對你來說只是微不足道的小事……）

這就是自己和這個男人的意識差距。

大坂把結城當成異性看待，結城卻不然。

所以她現在就要填補這段差距。

「但上高中之後，妳真的變了很多耶。當時妳頭髮超短，說話也像男生一樣粗魯。金島那傢伙在五年級之前都以為妳是男生耶。」

結城悠悠哉哉地說起了往事。

大坂對眼前這個遲鈍的男人說：

「……因為我想吸引你的目光啊。」

「咦？」

結城似乎沒參透大坂這句話的意思，頓時愣在原地。

大坂抓住結城的衣服，將他拉向自己。

「咦？怎、怎麼了？」

大坂直接將滿臉困惑的結城——

「喝啊！」

「唔喔！」

狠狠壓在床上，連她自己都跟著摔倒了。

「……真是的，妳幹嘛忽然推我啊，大坂？」

「……」

「呃……妳到底怎麼了？發生什麼事了嗎？」

「……」

「……喂～大坂小姐～」

「我剛剛說了吧？」

大坂壓在結城身上說：

「我努力讓自己變得有女人味，就是為了讓你回頭看我一眼。」

「……」

「我喜歡你，是異性的那種喜歡。」

「……真的假的？」

結城用意想不到的眼神看著她。

「是啊，我喜歡你好久了，從國小開始就有好感，國中看了你幫棒球隊代打上場比賽之後，就真的喜歡上你了。我喜歡你，我很喜歡結城祐介。」

「……是嗎？原來如此。抱歉，我對這種感覺比較遲鈍。」

說完，結城搔搔頭髮。

「可是對不起，我已經有小鳥了……」

「我知道啊。」

沒錯，她再清楚不過。

這一戰根本沒有勝算。

但大坂奈央子的自尊，不容許自己尚未拚盡全力應戰就敗下陣來。

能用的手段就得全部拿出來才行。

「因此我要你跟她分手，和我交往。」

「妳也太……」

結城話還沒說完——

大坂便抓起自己的上衣，直接脫掉扔在一旁。

底下的黑色內衣，以及尺寸和形狀都遠遠超越同齡女孩的豐滿胸部，全都袒露在外。

「嗚喔！」

結城嚇得發出驚呼。

「跟我交往的話，這對胸部就讓你揉個夠。」

「妳在說什麼啦！」

「應該說，你現在就能奪走我的貞操。」

「妳到底在胡說八道什麼！拜託妳好好保護自己的身體！」

大坂從脫下的上衣口袋中拿出某個東西，往大聲嚷嚷的結城臉上一丟。

那個東西「啪」一聲直接貼在結城額頭上。

「什麼啊……呃，這不是保〇套嗎！」

「我會做好避孕措施。我是運動選手，不用你提醒，我也會好好保護身體。」

沒錯，能用的手段就得全部拿出來。她要利用自己的美色。

怎麼樣，結城祐介，我的肉體是不是魅力十足？

一身健康的褐色肌膚，以及凹凸有致的完美線條。

連自己每天早上在鏡子前面都會看得入迷。

思春期的男孩子怎麼可能把持得住？

來吧，像野獸那樣撲倒我吧！

「……」

「……」

結城默默地看著大坂的雙眼。

大坂也直盯著結城看。

兩人的臉十分貼近，只要往前一湊就能吻到對方。

在這股寂靜中，只聽見時針走動的滴答聲。外頭的冷風將沒關緊的窗戶吹得喀噠作響。

結城身上淡淡的汗水味跟床上些微的塵埃氣味混在一塊兒，讓大坂的鼻腔有些搔癢。

自己壓著結城雙手手腕的手也開始微微出汗。

房裡應該很冷，卻因為心臟跳得飛快，全身都熱了起來。

她跨坐在結城身上。明明早就不打棒球了，但那副身軀依舊相當厚實，骨架健壯，讓大坂深刻體會到這是男孩子的身體。

然後……

「……抱歉，大坂。我已經有小鳥了，沒辦法和妳交往。」

大坂奈央子最後的攻勢，對這個男人完全起不了作用。

結城往兩手使力，輕鬆掙脫大坂的壓制。

他還溫柔地用雙手扶起大坂的身體，讓她坐在床邊後，自己再從床邊站起來。

「喏，這樣會感冒喔。」

結城將大坂的上衣遞了過去。

「……為什麼？」

「咦？」

「為什麼不選我啊！」

大坂有些衝動地大喊道。

「你的女朋友確實很漂亮，但我也不差啊，學業跟運動也是我比較強！學校裡每個男孩子都想跟我交往，胸部也是我比較大吧！」

光聽這些話會覺得她很自戀，但這都是毫無虛假的客觀評價。

自己的確是這麼優秀的女人，她就是為此才努力培養自己的女人味。

可是、可是為什麼……

「妳問為什麼，當然是……因為我決定要愛小鳥了啊。」

結城斬釘截鐵地說。

「這跟誰比較漂亮、誰的身材好，或是哪方面表現優異……都沒有關係。」

（……啊，這句話……）

這種說法。

「我已經決定只愛小鳥一個人了。已經下定決心，所以無從比較。」

「……」

一模一樣。

跟那個女人之前對自己說過的話一模一樣。

無從比較，已經決定要愛眼前這個人，所以深深愛著他。

結城和小鳥雙方都是這麼想的。

「哎呀，但小鳥的長相也是我最喜歡的那一型啦。」

結城有些害羞地說。

連這句話都跟小鳥一樣。

「……真是可笑。」

大坂嘀咕了一句。

她從結城手中搶回上衣，從床邊站了起來。

「……呼，不好意思，耽擱了你的時間。」

「不會，我也覺得很懷念，因此滿開心的。」

大坂打開保健室的門。

「你跟她要幸福喔……」

「好……啊，等一下，這個保〇套！」

「送你吧，你跟她要性福喔。」

「怎麼跟剛才的口氣不太一樣！」

大坂將大聲嚷嚷的結城扔在後頭，逕自走出保健室。

「……也罷，我早就知道了。」

大坂邁開大步走在走廊上，一個人自言自語。

「縱使心裡明白，但如果不放膽嘗試，我會後悔一輩子。」

她走出廢棄校舍，穿過操場離開校園，也沒有停下腳步。

「所以這是前進了一大步喔，大坂奈央子。」

她繼續往前走。

最後她來到的地方……是高中的操場上。

就是大坂目前就讀的那間高中。

「咦？是大坂學姊！」

那個超級崇拜大坂，綁著辮子，胸部大到跟嬌小身材完全不成比例的巨乳學妹，一看到她就揮手打招呼。

看來她正準備進行百米短跑的計時測試。

「……」

大坂默默地走到學妹所站的起跑線位置。

「啊，學姊也要測時間嗎？太好了！麻煩幫我們兩個計時唷～」

學妹對一百公尺外的計時員揮揮手這麼說。

接著，她在大坂身邊擺出起跑姿勢。

大坂將放在旁邊的起跑架裝好後，也擺出起跑姿勢。

「不過我第一次看大坂學姊遲到耶～還以為妳生病了。妳是睡過頭了嗎？」

「……」

「嗯？學姊？」

「……我決定了，我要成為最強的女人。」

「妳說什麼？」

——預備，起跑！

計時員喊了一聲，便開始計時。

大坂往地面用力一蹬。

（……什麼「無從比較」啊？）

竟敢沉浸在你們的小小世界裡，過得這麼幸福。

以往拚死也要奪得第一的那些努力，好像都被瞧不起似的，讓大坂非常不爽。

完全聽不懂你們在說什麼。

往後我也要不斷提升自己的實力，讓自己更上一層樓。我不但要找到比結城優秀好幾倍的好男人，還要變得魅力十足，讓那個女的望塵莫及。

「啊！」

她用盡全力衝過終點。

「呼……呼……」

大坂將手撐在膝蓋上調整呼吸。

另一方面，負責計時的隊員興奮地說：

「……大坂同學，妳好厲害，刷新紀錄了耶！而且還沒穿釘鞋！」

聞言，大坂微微一笑。

（……哈，看到了沒？我「邁進」了一大步喔。）

「哎呀，大坂學姊真的很強耶。這樣該把目標放在全國冠軍了吧？」

辮子學妹帶著悠哉的甜甜笑容走了過來。

「是不是有什麼加速的祕訣啊？比如祕密訓練之類的。」

「祕訣？這個嘛……妳想知道嗎？」

「當然當然。」

大坂像平常一樣傲慢地盤起雙手說：

「就是墜入愛河。」

「呃，聽不懂妳在說什麼。」

◇

正好同一時間──

「麻子阿姨，我把蔥的皮都剝好了。」

小鳥正在幫麻子處理農活。

這個季節剛採收的蔥，最外側的部分都枯萎了，賣相不太好，所以要用氣壓式脫皮機這種機器吹掉枯萎的部分，把外表整理得好看一些。

雖然小鳥也是第一次用，但氣壓式脫皮機可以瞬間將枯萎的部分吹掉，非常方便。以前這個工作必須靠人工剝取，讓小鳥十分佩服。

「謝謝妳啊，小鳥。」

剛剛在除草的麻子走到小鳥身邊。

「哎呀，剝得好乾淨啊，而且排得比店家賣的還要整齊。其實妳不必這麼費工啦。」

「那個，因為我習慣這樣……」

「祐介的房間應該也變得很整齊吧，真羨慕那小子。」

麻子雖然如此盛讚，但其實小鳥覺得自己的做事效率不太好。

房間一定會髒，實在不必每天都把整個家打掃得乾乾淨淨。

小地方只要一個月集中清掃一次，這樣效率才高。然而每次開始動手打掃，她就忍不住在意這些小地方。

「我覺得麻子阿姨才厲害呢，工作時超級俐落，而且都不休息……」

「哎呀，討厭，妳真會誇人。我都想賞妳十萬圓了呢。」

「還、還是不要太浪費錢啦……」

小鳥對把手放在嘴邊，另一手揮啊揮的麻子這麼說。

順帶一提，小鳥剛才那番話並非諂媚。今天來幫忙後，她真的覺得麻子很厲害。

一大早就幾乎沒有休息，將工作逐一完成的俐落身手，小鳥實在模仿不來。

她雖然形容自己是「學年成績爛到可以從後面用手指頭數完」，但應該只是不擅長坐在書桌前讀書，其實非常聰明吧。

而且一整天默默工作的身影，感覺似曾相識。

沒錯……跟她的男朋友結城讀書時一模一樣。

雖然他們外表也有部分相像之處，但現在最有「母子」的感覺。

「之後還有需要我幫忙的地方嗎？」

「嗯～先休息一下好了。」

麻子把手放在腰上，將身子往後仰並這麼說。

「小鳥，可以幫我把貨車車斗上的冰桶拿過來嗎？」

「咦？好的。」

她們剛才是將貨車開進田裡。小鳥看向那輛貨車的車斗，就看見一個小型的藍色冰桶。

「這個嗎？」

「對對對。」

麻子將小鳥拿過來的冰桶打開。

裡面裝著比普通冰品還要貴一點的冰淇淋。

「我只買了兩人份，我們瞞著那些臭男生偷偷吃掉吧。」

說完，麻子露出小孩子惡作劇時的笑容，還眨了眨眼。

「呵呵，好呀。那我開動了。」

小鳥和麻子坐在貨車車斗上。

打開冰淇淋後，她們用附帶的塑膠湯匙舀了一口放進嘴裡。

「……唔！工作後的甜食真的太好吃了。」

麻子用努力擠出來的聲音這麼說。

「對呀，真的好好吃。」

雖然正值冬季，但現在太陽還掛在天上。

因為穿著厚重衣物進行長時間農活，又冰又甜的冰淇淋頓時融入舌尖和全身。

「……」

「……」

在那之後，兩人默默地在農田裡吃著冰淇淋。

在大自然包圍下，清爽的鄉野微風吹拂過農田。

感覺舒適又暢快。

「……欸，小鳥，妳覺得祐介如何？」

麻子忽然拋出這個問題。

「……如何？」

這話是什麼意思呢？

「嗯，這種問法太籠統了。」

說完，麻子搔搔頭髮。

身為母親，應該有很多事情想問吧。

「我想想……妳覺得祐介這個男朋友當得怎麼樣？」

「以、以男朋友來說嗎！呃……那個……」

被男友的母親這麼認真地提問，讓小鳥非常害羞。

「我覺得，他是個很棒的男友，我甚至有點配不上他。」

「是嗎……祐介那小子也長大了吧。」

麻子眺望著遠方的天空。

接著開始說起自己的兒子。

「……我猜妳應該已經知道了，我老公……祐介的爸說要把兒子打造成職棒選手，還對他進行魔鬼訓練。」

「嗯，我聽祐介說過。」

「老實說，一開始我對他的做法充滿質疑。無論是在孩子出生前就決定他的將來，還是從孩子懂事以來每天都讓他進行幾近虐待的訓練。這應該會變成孩子一輩子的心理陰影吧。」

小鳥雖然聽結城說過他的父親有多嚴苛，但在就近目睹一切的人眼中，應該也是不太正常吧。

「可是……祐介那孩子居然忍下來了。不僅如此，他甚至還能找到跟爸爸練球時的樂趣。如果他真的不願意，就算得冒著被老公打的風險，我也要讓他放棄棒球……結果根本沒有我出場的餘地。」

麻子無奈地聳聳肩。

「那孩子的個性就是這樣，不管做什麼都很拚命。他在我老公過世、放棄棒球後，不到一個星期就訂下了『想當醫生』這個目標，而且從那天開始就整天埋頭苦讀。雖然是我自己的孩子，但我真的覺得他很了不起。只是同時……」

小鳥明白麻子接下來想說什麼。

「……妳也很擔心嗎？」

發現小鳥猜到自己想說的話後，麻子有些訝異地看向小鳥。

「……嗯，是啊。那孩子很堅強，但正因為堅強又拚命，當他哪天瀕臨極限時，可能也不會好好善待自己。累了可以休息，可以懶散，也可以拋下所有責任。我猜那孩子應該很不擅長放鬆吧。」

說到這裡，麻子將手上的冰淇淋杯放下來。

接著她將自己的手放在小鳥手上，用無比認真的眼神看著她說：

「所以小鳥……妳要成為祐介的後盾喔。」

「……」

小鳥也將冰淇淋杯和湯匙放下。

並握住麻子搭在自己手上的手。

「包在我身上。」

說完，她露出一抹微笑。

「謝謝……勞妳費心了。」

小鳥搖搖頭。

「別這麼說……只有他才值得我全力支持。」

「小小年紀就說得出這種話，妳也很了不起呢。」

麻子瞇起雙眼——

「……嗯，太好了，這樣我就放心了。」

並這麼說。

她的聲音聽起來既像感嘆，又像從內心深處流露而出的心聲。

「麻子阿姨……」

小鳥摸著麻子的手。

有些粗糙，還長著肉刺。

丈夫過世之後，這個單親媽媽就是用這雙手，獨自拉拔兩個兒子長大。

這一路走來肯定非常辛苦……

因此，這次換小鳥直盯著麻子的雙眼說：

「別擔心，以後祐介的身後有我在。」

「……」

聽小鳥說得如此堅定，麻子愣了一會兒。

但她隨即露出一抹淺淺的微笑。

「祐介真的找了個好女孩呢……」

並感慨萬千地低語道。

尾聲　在意外之後～

隔天。

今天是結城他們回去的日子。

「……呼，這樣就行了。」

結城在房間整理完行李後，一人喃喃自語道。

話雖如此，他原本就只帶幾本參考書、最低限度的換洗衣物和生活用品而已。小鳥已經做好準備下樓了。

「好……走吧。」

結城站起身，拿著少少的行李來到走廊上。

他在對面弟弟的房間前停下腳步。

這種時候，他通常不會跟弟弟說幾句話再走，但今天他決定再離開前跟弟弟打聲招呼。

他敲了敲弟弟的房門。

「……雄斗，你在嗎？」

無人回應。他又敲了一次門，卻仍無聲無息。

結城緩緩打開房門，發現雄斗不在裡面。

他對弟弟房內的擺設很熟悉，但有個地方明顯變得不太一樣。

房裡放了幾個重訓器材和高蛋白搖搖杯。

結城走進房間，拿起放在地上的某個啞鈴。

「喔，居然用這麼重的。」

可能是跟大坂借的吧。

雖然時間不長，但確實是弟弟努力過的證明。

結城的表情因為開心而和緩了些。

「嗯？」

他的目光停留在桌上那疊雜亂無章的紙。

「這是……」

紙上有幾個分隔框，上面畫了插圖。

「雄斗在畫漫畫啊？」

雖然有點不好意思，但結城很好奇內容是什麼。

結城將散亂的紙堆收集起來，按照順序重新排列後，開始一張一張細看。

「……哦，這是……」

他看了一會兒。

「……咦？哥，你還在啊？」

弟弟站在房門口，似乎剛才外面回來。

看他流了一點汗，應該是去運動了吧。能養成運動習慣也不錯。

「哥，那個……」

「嗯？啊，抱歉，我擅自拿來看了。」

「是沒差啦……」

雄斗有些害羞地說，感覺在鬧彆扭。

結城小心地將紙稿重新放回書桌後，便走出房間。

「那我回去了。」

「嗯，路上小心。」

「啊，對了。」

「什麼？」

「漫畫……很好看啊。你很有才華嘛。」

「……」

雄斗驚訝地眨眨眼，來回看著原稿和結城的臉。

「拜拜。」

結城轉身背對雄斗並走下樓梯。

走下樓梯後立刻就是玄關，小鳥和麻子正在那裡開心地聊天。

「久等了。」

結城這麼說完，麻子和小鳥就轉過頭來。

「……再見啦，小鳥，隨時歡迎妳來玩。」

「好，謝謝妳，麻子阿姨。」

「祐介，你也要好好珍惜小鳥喔。」

「當然，不用妳提醒，我也會珍惜她。」

「很好。」

麻子滿意地說。

結城也穿好鞋子走出玄關後，便對小鳥說：

「……那，我們回去吧。」

「嗯。」

小鳥面帶微笑地回答。

◇

「……對了，妳剛才跟媽在聊什麼？」

兩人隨著回程的電車搖來晃去，吃著麻子替他們做的便當時，結城向小鳥拋出這個疑問。

小鳥思考了一會兒，竟露出有些壞心的笑容。

「呵呵……這是女孩子的祕密。」

並如此回答。

「我問妳跟大坂去哪裡的時候，妳也這麼說……算了，無所謂啦。」

提到大坂的名字後，他回想起返鄉這段期間發生的事。

「不過這次寒假感覺很漫長啊。」

「會嗎？」

「是啊。因為不必工作，而且為了難得的寒假，我還刻意減少讀書的時間，總覺得一天的時間被拉得好長。」

每一天的充實感……該怎麼說，好像也不太夠。

「去年寒假好像一回過神就結束了。我可能真的是工作狂吧？」

「呵呵……有什麼關係？我就感覺這樣的結城很完美。」

「小鳥……」

其實他覺得自己這種性格十分無趣，所以聽到小鳥這句話，他感覺很開心。

結城自然而然地將手伸向小鳥的頭。

「謝謝妳……小鳥……」

「結城……」

當他充分享受過小鳥滑順的髮絲觸感，準備將手伸回來時——

「啊！」

結城的手肘不小心撞上瓶裝茶。

所幸瓶子裡沒剩多少，沒有釀成大禍，但還是濺到衣服上了。

小鳥馬上就要拿出自己的手帕。

「沒事沒事，我自己有帶。」

結城最近同樣開始學小鳥隨身攜帶手帕。

今天他也在常穿的大衣口袋裡準備了手帕。

正當結城將手伸進放了手帕的口袋，準備拿出來時——

卻碰到有別於手帕的觸感。

「咦？這是什麼？」

「怎麼了？」

小鳥有些疑惑。

結城從口袋中拿出那個東西一看……

居然是保〇套。

「……」

「……」

這個瞬間，兩人的時間停止了。

只能聽見電車在軌道上行駛的匡噹聲響。

（喔喔喔喔喔喔喔喔喔喔喔喔喔！這麼說來，當時我只是覺得先放進口袋再說啊啊啊啊啊啊啊啊啊啊啊啊啊啊！）

沒錯，就是之前大坂丟在他臉上，還硬塞給他的那個東西。

「……」

「……」

兩人之間瀰漫著尷尬至極的沉默。

而且他該怎麼解釋？

兒時玩伴提出「跟我交往，和我上床！」的威脅，我拒絕以後，她就把這個硬塞給我。

如實陳述的話就是這種感覺，但總覺得會產生天大的誤會。

「那個……」

率先打破沉默的人是小鳥。

「結城……那個……你想做嗎？」

「咦？呃，那個……」

忽然被這麼問，結城不知該如何回答，但也說不出「完全不想」這種違心之論。

「如果問我想還是不想……當然很想了……」

畢竟他也是人。

「是嗎……我知道了……」

「這樣啊……咦？」

他驚訝地看向小鳥的臉。

「沒關係。」

小鳥雖然有些畏懼，卻用認真的目光看著結城。

「我……我可以。」

「……是嗎？」

「嗯。」

她的眼神確實很認真。

現在拒絕，就不是男人了。

「好，我知道了，那就做吧。」

「……好。」

小鳥有些緊張地說。

結城當然也一樣。

在那之後，兩人在電車裡沒有再說過一句話，就這麼踏上歸途。

後記

各位好久不見，我是岸馬きらく。

這是《躍女》的第四集。

我在第三集的後記中也有寫到，我在撰寫本作時，是想透過每一集的劇情，帶給讀者類似在欣賞長篇電影的滿足感。

因此劇情走向才會跟其他戀愛喜劇不太一樣。

雖然是這樣的作品，這次的情境卻是「默默單戀著自己的老家兒時玩伴登場，還提出交往要求」這種超級標準的戀愛喜劇。

很好很好，這樣就能寫出很像戀愛喜劇的戀愛喜劇了。

我抱著這股心情創作後，結果依舊少了點戀愛喜劇的味道。硬要說的話，應該比較像群像劇吧？該怎麼說呢，好像有點沒辦法歸類了。

我知道了。主角和女主角的人格特質都太完美的話，就會失去戀愛喜劇的感覺了吧，嗯。

但我對內容本身仍相當滿意，所以還沒觀賞本篇的讀者也敬請期待。

那麼，我在封面折口的部分也有提到，在諸多考量下，能夠發行上市的《躍女》單行本只到這一集為止。

但畢竟還是有些讀者一路看到這一集，因此我會在日本角川的小說投稿網站「カクヨム」繼續連載。

以系列作的架構來說，其實還剩下幾段插曲，篇幅大概不到一集。雖然會變成不定期連載，但我依舊會把故事寫完。

只要在カクヨム搜尋本作書名就能找到了，若想把結城他們的故事看到最後，請務必前往網站觀賞。

恭喜《躍女》
第四集上市！
在躍女登場的所有角色
都充滿魅力，讓人非常
喜歡！好想再多畫一點
喔…
希望大家也會喜歡第四
集的插圖！

恭喜第4集發售！
我超喜歡努力不懈的大坂。日後她會努力精進自己，我也想為她加油…！
Katan

國家圖書館出版品預行編目資料

救了想一躍而下的女高中生會發生什麼事?/ 岸馬きらく作；林孟潔譯. -- 初版. -- 臺北市：臺灣角川股份有限公司, 2023.04-
冊；　公分
譯自：飛び降りようとしている女子高生を助けたらどうなるのか？
ISBN 978-626-352-445-3(第 4 冊：平裝)

861.57　　112001587

Kadokawa
Fantastic
Novels

救了想一躍而下的女高中生會發生什麼事？ 4（完）

（原著名：飛び降りようとしている女子高生を助けたらどうなるのか？ 4）

2023年4月19日　初版第1刷發行

作　者：岸馬きらく
插　畫：黒なまこ
角色原案、漫畫：らたん
譯　者：林孟潔
發行人：岩崎剛人
總編輯：蔡佩芬
編　輯：邱瓈萱
美術設計：李思穎
印　務：李明修（主任）、張加恩（主任）、張凱棋
發行所：台灣角川股份有限公司
地　址：104台北市中山區松江路223號3樓
電　話：（02）2515-3000
傳　真：（02）2515-0033
網　址：www.kadokawa.com.tw
劃撥帳戶：台灣角川股份有限公司
劃撥帳號：19487412
法律顧問：有澤法律事務所
製　版：巨茂科技印刷有限公司
ISBN：978-626-352-445-3